徳間文庫

半分の過去

赤川次郎

徳間書店

目次

1　祐子

電車は、特別ひどく揺れたわけではなかった。

だから、もう目が覚めかけていたのだろう。そこへ、ほんのちょっとした一揺れが来て、眠っていたことさえ気付いていない祐子《ゆうこ》を、起こしてしまったのだった。

あ、降りなきゃ——。

ふっと顔を上げた祐子は、電車の外をゆっくりと流れて行くホームの風景に見覚えがあったせいで、そう思った。乗り過しちゃうところだったわ。

傍には買物の紙袋を後生大事にかかえ込んで、眠っていても、それだけはしっかりと、盗まれてなるものか、と思っていたらしい。でも、もちろん日曜日の昼下り、電車は座席の半分も埋っていないガラガラで、目つきの悪い男や、素振りの怪しい人間などは見当らなかった。

紙袋の手提げの紐《ひも》をつかむと、ちょうど電車は停《とま》って、扉《とびら》がガラガラと音をたてて開いた。祐子は、乗り降りする客が一人もいない、閑散としたホームに降り立つ。

とたんに冷たい風が吹きつけて来て、祐子の眠気を一度に吹き飛ばしてしまった。

——二月。この冬一番の寒波が、もう四日間も日本列島に腰を据《す》えていた。

「あら」

と、祐子は、ホームに突っ立ったまま、思わず口に出して呟《つぶや》いた。「いやだ」

電車は、ものも言わずに——ということは、要するに、面倒くさいのか、発車のアナウンスも何もなしに——扉を閉めて、動き出していた。

祐子は、電車が、寒さに身震いでもするように、細かくガタゴトと揺れながらホームを離れて行くのを、ポカンとして、見送っていた。

「——何やってんのかしら、私」

要するに、ここで降りるはずじゃなかったのである。

祐子の家は、まだこの先、六つ目の駅で降りたところにある。もちろん駅前ではなくて、そこからまたバスに乗って行くのだが、それはまあ、今のところはどうでもいい。

「ぼけるには早いわよ」

と、自分に向って苦笑すると、祐子は、どうしようか、とホームを見回した。

皆川《みながわ》祐子が、間違ってこの駅で降りてしまったのは、理由のないことでもない。妹が、この駅から歩いて十分ほどのアパートに住んでいるからである。

妹のところには、月に二、三回は足を向ける。だから、このホームの様子に見覚えがあって、つい降りてしまった、というわけだった。

どうしよう？　祐子は迷った。

次の電車を待って、乗って行くのが、まず順当な結論だが、どれくらい待てばいいのか……。時刻表は？　——あ、あれだわ。

足早に時刻表の下まで行って、見上げる。今……二時ちょっと過ぎだから……。あと五分で次の電車が来る。それなら、真直ぐ帰った方がいい。千晶《ちあき》もお隣に預けっ放しなのだし……。

でも、祐子は自分が少しがっかりしていることに、気付いていた。これが、あと二十分も電車が来ないっていうのなら、今日子《きょうこ》を駅の辺りに呼び出して、お昼《ひる》食でも一緒に食べるのに。

結婚して一年になる今日子は、まだ子供がいないので、気軽に出かけて来る。そのくせ、祐子が誘いでもしないと、たいていは家でゴロゴロしているものぐさである。今だってきっと——。

その時、祐子は気付いた。自分が見ていたのは、平日の時刻表だったのだ。

どうかしてるわ、今日は。思わず笑ってしまいながら、祐子は、今日子の所に電話をしてみようと決めていた。そして、吹きさらしのホームから一刻も早く逃げ出そうと、階段の下り口の方へ急いで歩き出す。

休日用の時刻表の方は見なかった。すぐに次の電車が来るなんてことが分ったら、いやだから。

「――よいしょ」

荷物を、隣の椅子《いす》に置くと、祐子はコートを脱いで、ふうっと息をついた。

外は凍えるような寒さだが、このレストランの中は暖房の効き過ぎで、少し暑いくらいだった。

駅の改札口の近くから電話すると、今日子は案の定、眠そうな声で電話に出て来て、

「こたつで寝てたのよ」

と、舌足らずな声を出した。

それでも、祐子がお昼食《ひる》でも一緒に、と言うと、すぐに行くから、と答えた。当然、祐子のおごり、と分っている。

場所をこのレストランに決めて、祐子は何となく楽しい気分である。学校やクラブの帰り道に、ちょっと寄り道して、甘いものでも食べて行くような楽しさ。

もちろん、祐子にとっては、そんな日々は遠い昔のことだ。

今日子がやって来るのが見えるように、と二階の窓際《まどぎわ》に席を取っていた。駅前のロータリーが見渡せる。――ここ一年ほどの間に、やっと駅前らしくなって来た、新しい町だ。

今日子のいるアパートは、ここから歩いて七、八分。仕度をして出て来るから、十五分はかかるだろう。

オーダーを取りに来たのは、祐子と同じくらいの年齢《とし》の主婦らしい女性で、

「もう一人来ますから」

と、メニューを受け取っておいて、「じゃ、紅茶を下さい」

何か頼まないと悪いような気がしたのだ。

レストランは空いていて、二階にはあと一人、何だか妙な毛糸の帽子をかぶった中年の男が、スポーツ新聞を広げているだけだった。

祐子は、目の前のコップの水を一口飲んで、いやにぬるくてまずいので、顔をしかめた。氷とレモンぐらい入れれば、ただの水でもずいぶんおいしくなるのに。ま、こんな所のレストランに、そこまで要求するのは無理というものかもしれない。

ぼんやりと、駅前のロータリーを見下ろす。——曇って、寒い日だ。また今夜辺り、雪でも降るかもしれない。

皆川祐子は、三十五歳。夫の伸夫《のぶお》とは五つ違いである。つい二週間ほど前に四十歳になった皆川伸夫は、戦後のいわゆるベビーブームに生れた世代で、祐子のことを、

「世代の断絶だ」

と言って、いつもからかう。

祐子の妹、今日子などは、皆川から見れば正に「別世界の人間」で、祐子から見てもそう思えることがある。祐子とは九つも年齢《とし》が離れていて、今二十六歳。皆川とは十四も違うのだ。

——祐子と皆川の間には、一人っ子の千晶がいる。今、七つ。

一人っ子ながらしっかり者で、時には親をたじたじとさせるが、しかし一人っ子らしく、他所《よそ》では借りて来た猫。こうして外出する時、親しいお友だちの家に預けても不安はなかった。

ごく世間的な意味で言えば、祐子の立場は「平凡に幸福で、退屈な人妻」というところだろう。

もちろん、何の悩みもないわけではない。こうして、寒い日曜日に外出して来たのも、その「悩み」の一つのせいである。

入院している母親を見舞いに行って来たのだ。二人の娘を結婚させてから、父親は急に亡《な》くなって、母は一人になってしまった。

二年ほど前から体の不調を訴えて、結局今の病院に入っている。——すっかり老け込んで、泣き虫になってしまった母親を見舞いに行くのは、正直、祐子にとっても気の重い仕事である。

千晶が小学校に入って、そうそう出歩くわけにもいかなくなってしまったので、今は大体月に二回、日曜日に病院へ行くようにしているが、母親の方ではそれが不満らしい。

　実際、見舞いに行っても、喜んでくれるのでなく、

「何か月も来なかった」

と、文句ばかり聞かされて――少し時間の感覚が狂って来ているのだ――泣き出されるのでは、つい足も重くなるというものだ。

　帰り道、妹の顔が見たい、と思っても当然だったかもしれない。

　祐子にとって救いなのは、母親の入院に、結構馬鹿《ばか》にならない費用がかかったり、日曜日に祐子が出かけてしまうことに、夫がいやな顔一つしないことである。生来、呑気《のんき》で、子供の面倒をみたりするのが好きな性格でもあるのだろうが、給料が同年代のサラリーマンの中では割合に良くて、余裕のある生活をしていることも、夫を寛大にさせているのだろう。

　何のかのと言っても、人間、生活にゆとりがないとつい苛立《いらだ》ったりもするものだ。

――紅茶が来た。

　薄目の紅茶の好きな祐子は、まるでコーヒーかと思うような、真黒なその紅茶に一瞬ギョッとしたが、一口飲んで、見かけほどには苦くないと分ってホッとした。

　灰色の空へちょっと目をやる。――本当に物好きなんだから、こんな日にゴルフな

んて……。

とは言え、皆川は好きでそんな日に出かけているわけではなかった。取引先とのコンペ――というのか、ゴルフのことなど、祐子にはさっぱり分らないが、ともかく、

「仕事だからしょうがないさ」

と、夫は朝の六時ごろ、「おお寒い」

と首をすぼめながら、出て行った。

それでも、普段なら三回は起こしに行く、寝起きの悪い夫が、今朝は一度で起きて来るのだから、本人もいやじゃないのだろう。

雪でも降ってくれりゃ、中止になるのに、と祐子は夫を送り出しておいて、またベッドへ潜り込んで思ったりもするのだが、他には大して趣味もないのだから、そう腹を立てることはなかった。

眠いわね、本当に……。

暖房が効いているせいか、さっき電車で居眠りしていたというのに、また眠くなってしまった。今日子が早く来ないと、本当に眠り込んじゃうかも。

頰《ほお》づえをついて、表を眺《なが》める。――トロンとした目には、ただぼんやりと、人通りもまばらな通りが映って、時折、瞼《まぶた》はくっつきそうになる……。

すると、赤い小型の車が一台、走って来て、駅の前に停った。祐子がそれを目で追

っていたのは、何か見ていないと、本当に眠ってしまいそうだったからだが……。

車のドアが開いた。そして――夫が降りて来た。


「――お母ちゃん、相変らず？」

今日子に訊《き》かれて、祐子はちょっとぼんやりしていたが、

「ええ。――ああ、お母さんね。うん、いつもの通りよ」

「少し寝ぼけてんじゃないの？」

と、今日子は笑った。「食べないと、冷めるよ」

「そうね」

祐子は、気を取り直して、ナイフとフォークを手に取った。今日子の方は、もうほとんど皿を空にしている。

「私もたまには行かなきゃ、と思うんだけどね」

と、今日子は言った。「うちの亭主は、日曜日も何もないから」

「丸山《まるやま》君、元気？」

「まあね。春には普通の会社員かもしれない。まだ分んないけど」

「丸山君なら、似合うわよ、背広も」

「持ってないから買わなきゃって。古いのない？」

「うちの人のじゃ、合わないでしょ」

「そうかなあ。胴回り直しても着られない？」

「無理よ。一着ぐらい作りなさい」

「お金ないもん」

と、今日子は呑気なものである。

甘えん坊のままで大人になった感じの今日子は、子供がいないせいか、ともかく若く見える。二十六だが、女子大生と言っても充分に通用するだろう。

九つ違いの祐子には、「しょうもなく可愛《かわい》い妹」だった。

「丸山君、今日もお店？」

と、祐子は言った。

「うん、でも六時までだから。夕食は何か用意しとかないとね」

今日子の夫、丸山勝裕《かつひろ》は、どことなく風来坊的な雰囲気《ふんいき》を持った若者で、今日子に劣らず呑気で楽天家である。

「今日子の夫」なんて言い方が、およそしっくり来ない。

二人して、適当にスナックだのスーパーだので働いたり、アルバイトをしながら生活しているのだ。やっとこのところ、丸山も、落ちついて働ける所を探していたが、
こんな「結婚生活」など、祐子には想像もつかない。——夫ではないが、正に「断

絶」を感じてしまう。

若いからこそできることだ。明日のことを心配せずに、今日を過せるのである。

「何か甘いもの食べよ。お姉ちゃんは？」

「私はいいわ。胸やけしちゃう。あんた、食べなさい」

「うん」

遠慮という言葉は、少なくとも姉の前では今日子の辞書に存在しない。

「チョコレートパフェ！」

祐子など、想像しただけでうんざりして来そうなものを、平気で注文すると、今日子は長い髪をちょっとかき上げた。

今日子が高校生ぐらいのころから、自慢の髪である。確かにきれいで、髪の質もくせがない。

本当か冗談か、丸山もこの今日子の髪に惚《ほ》れたということだった。

もちろん、その髪を別にしても、今日子はちょっと細面《ほそおもて》の、可愛い顔立ちをしている。祐子とはあまり似ていない。祐子は父親の方に、今日子は母親の方に似たのである。

「――旦那《だんな》さんは？」

と、今日子が言った。「お留守番？」

今日子は皆川のことを、「旦那さん」と呼ぶ。当人に向ってもそう言うので、いつも皆川は笑い出してしまうのだった。

これでも前よりはましになった方で、初めのころは、皆川のことを「お婿《むこ》さん」と呼びかけたりしていたのである。

「——今日？　ううん、出かけてる」

と、祐子は言った。

「一人で？」

「ゴルフ。仕事だって」

「へえ。この寒いのに？　私なら、絶対いやね。こたつで丸くなって寝てるわ」

と、今日子は言った。

「そう。ゴルフだって言ってたけど……」

祐子は、そう呟いた。幸い、それは今日子の耳に入らなかったようだ。

ちょうどウエイトレスに、チョコレートパフェを注文しているところだったのである。

2　赤い車の女

人間は、一度や二度なら自分を騙《だま》しておくことができる。

あれは自分の思い過しだったのだ、とか、他人の空似に過ぎなかったんだ、と何度も自分へ言い聞かせると、本気でそう思えて来てしまうのである。

それは一つの計算でもあって――つまり、悪く言えば「打算」というものだが、自分が間違っていたことにしないと、失うものがあまりに多過ぎるという時、自分の目や耳の方を疑ってかかることもできるのだ。

「――何を着て行こうかしら」

と、祐子は鏡の前で呟いた。

もう三十分以上も迷っている。そろそろ出かけなくてはならない時間だった。

やっぱり、地味なスーツを一つ作っておくんだったわ。――もちろん、今になってそんなこと言っても間に合わない。

父母会はあと一時間で始まるのだ。それまでに新しいスーツを一着作るなんて、魔法使いででもなきゃ不可能である。

分っていても、ついグチってしまうのが女性というもので――。

「これじゃ暑いわね、きっと」

と、取り出したスーツを眺めて首を振る。

四月に入って、今日はまた一段と春らしい、暖かい日だった。先週まではかなり寒かったので、千晶の二年生最初の父母会にはこのスーツと決めていたのだ。

まさか、当日になってこうも暖かくなるとは思わなかった。

「――仕方ないわ」

祐子は諦《あきら》めた。少々暑い思いをするのは、何とか我慢しよう。これ以外、父母会に着て行けるようなスーツはない。

鏡台の前に座って、軽く化粧をする。普段から、化粧に手間をかける方ではないので、至って手早い。それに、祐子の肌《はだ》は充分に若々しかった。

――若々しい、といえば、あの女はずいぶん若く見えたっけ。

赤い車で、皆川を駅まで送って来た女。駅の方へ急いで歩いて行く皆川に、何か思い出したことでもあったのか、車を出て追いつくと、何やら熱心に話していた女……。

やめよう。もう忘れていたのだ。それなのに、つい……。

あれが間違いなく現実で、しかも夫だったことも確かだと、頭では分っていたが、結局、家の中は今までの通り、何の変りもなく続いていた。そして、祐子は今の状態を壊すつもりはなかったのだ。

あの時には、祐子も混乱し、迷って、夫に向って、あの女のことを問い詰めてみたいと思った。しかし、結局、そうはしなかったのだ。

夫は、夕方、いつもと少しも変らない顔で帰って来た。祐子がどんなに気を付けて観察しても、夫の素振りに、女と会って来たという後ろめたさは見付けられなかった。

もちろん、祐子は悩み、苦しんだ。そして決めたのだ。——何も見なかったことにしようと。

それが正しい選択だったという自信はなかったが、夫を問い詰めて、家の中を冷ややかでとげとげしい雰囲気にすることが、必ずしもいい道でない、とは考えていた。千晶のためにも。

いくらかは千晶を口実にして、祐子は自分の中の疑いの声に、目をつぶり、耳をふさぐことにしたのだ。

「——あら、誰かしら」

玄関のチャイムが鳴るのを聞いて、「いやだわ、こんな時に」

別に、客の来る心当りもない。それとも、何かの集金かしら？

祐子はインタホンのスイッチを押した。

「はい」

と、声をかけたが、向うは黙ったままだった。

子供のいたずら？　そう思いかけた時、

「あの……」

と、ためらいがちな女性の声が、聞こえて来た。「突然すみません」

「どなたですか？」

「ちょっと――お話があるんです。奥様でいらっしゃいますか」

「ええ……」

「お話ししたいことがあって」

祐子の直感は、その女が誰なのかに気付いていた。――祐子は、ちょっと呼吸を整えてから、

「忙しいんです。出かけるところなので。どなたなんですか？」

向うはためらっていた。しかし、ここまで来て、あっさりと諦めて帰るわけにもいかないと心を決めたのだろう。

「ご主人の知り合いの者です」

やや決然とした調子で言う。「どうしても、お会いしてお話ししたいんです」

「私、お話しすることなんかありませんよ」

と、祐子は言い返した。

相手がハッとするのが、気配で分る。

「――ご存知だったんですか、私のこと」

祐子は、しまった、と思った。あくまで何も知らないことにしておくべきだったのだ。

「いえ、知りませんよ」

「でも――」

「ともかく、忙しいんです。今日はすぐ出かけるの。お帰り下さい」

祐子は、インタホンのスイッチを切った。きっとまたしつこく鳴らして来るだろう、と思った。出てやるもんか。

――しかし、それきりチャイムは鳴らなかった。

外出の仕度を終えた祐子は、玄関まで来て、ためらった。あの女が、きっと表で待っている。

そっとサンダルを引っかけて、ドアの覗《のぞ》き穴から外を見る。見える範囲に、人の姿はなかったが、きっとどこかで待っているのだろう。

あまりゆっくりはできなかった。父母会に遅れてしまう。

祐子は思い切って、ドアを開けた……。

あの赤い車が玄関前に停っているのを見て、祐子はよほど引き返そうかと思った。

しかし、それもできなかった。一人ではなかったからだ。

「あら、お宅、お客様？」

同じ方向なので、一緒に戻って来た同じクラスの子の母親が、車に目をとめて言った。

「いえ、そんなことないと思うけど」

祐子はついそう言っていた。

「でも、お宅の前に停ってるわよ」

「そうね。——何かしら」

もう逃げるわけにはいかなかった。

「じゃ、私、ここで」

「ご苦労様でした」

と、祐子は頭を下げた。

父母会は、いつもの通り、別にどうってこともなく、終った。帰り道、祐子はあの女のことなど、もう忘れかけていたのだ。

ともかく——こうなっては、仕方がない。

玄関の方へと歩いて行くと、赤い車のドアが開いた。

「——皆川さんの奥様ですね」

祐子は、玄関の鍵《かぎ》を開けた。まさか表で立ち話というわけにはいかない。

「入って」

と、女に背を向けたまま、祐子は言った。

——間近に見ると、女は初めの印象ほど若くはなかった。

「お出かけとうかがったので、待たせていただきました」

「子供の学校で、父母会があったんですよ」

と、祐子は言った。「お茶でもいれましょう」

「いえ、どうぞ——」

「どうせ私も飲みますから」

祐子は、台所へ行った。ポットのお湯は、まだ充分に熱いはずだ。

いざとなったら、このお湯を頭からかけてやろうか、とチラッと思った。

——いざとなったら？

馬鹿らしい！　こっちはれっきとした「妻」なんだ。落ちついて、ゆっくり構えていればいい……。

「——どうぞ」

お茶を出して、祐子はソファに腰をおろした。自分の茶碗《ちゃわん》を手に取り、一口飲んだ。

紅茶なら薄いのが好きだが、日本茶は苦い方がいい。

「私、成田圭子《なりたけいこ》と申します」

と、女が言った。「私のことを、ご主人から……」

「何も聞いていません」

と、首を振って、「ただ、一度偶然見かけただけ。主人とあなたが一緒にいるところをね」

「そうですか」

成田圭子という女は、ちょっとホッとした様子だった。
二十七、八か、いやもう三十になっているかもしれない。きりっと引締った、ちょっと知的な雰囲気を持っている。
服装は地味だった。化粧の類も一切していない。髪などは、少々構わな過ぎるくらいだった。

「あの――」

と、成田圭子は迷いながら、という口調で、「私とご主人のこと、誤解されているかもしれませんけど」

「誤解って?」

「私はご主人と――その――妙な関係にあるわけじゃありません。私には夫もいます。ご主人は、私の夫の、古いお友だちなんです」

「主人の友だち?」

「大学の同期生で——いえ、実際はもっと前から、高校生のころからのお付合いだそうですけど」

「成田さん……とおっしゃるの?」

「はい」

「聞いたことのない名前だわ」

と、祐子は言った。「本当に親しいお友だちなら、結婚式の時にお招きしていると思いますけどね」

「事情があって、そういうわけにはいかなかったんです」

と、成田圭子は言った。

「そう」

祐子は肯《うなず》いた。「で——ともかく、あなたの言う通りだとして、私に何のご用でいらしたの?」

「ご主人が出張中ということで、どうしても連絡がつかないものですから」

祐子は、戸惑った。——確かに皆川は珍しく出張で、明日まで帰らない。しかし、この女がなぜそんなことまで知っているのだろう?

「会社へ電話したの?」

「いえ、ご主人からうかがっていました。もちろんその間ぐらい、何もないだろうと思っていたんですけど……」

「よく分らないわ。主人がなぜ、あなたにそんなことを連絡して行くの？」

成田圭子は、目を伏せて、落ちつかない様子で両手を握り合せていた。

「あの……私たち、ご主人にずっと助けていただいているんです」

「助けるって？」

「経済的なこととか、部屋を捜して借りる時とか……。夫は体を少し悪くしています。——刑務所で、何年か過していたものですから」

思いもかけない話だった。

「今、あなたたち——」

「逃げています。警察に追われているんです。——もう、この暮しを、二年以上続けています」

祐子は、呆然《ぼうぜん》としていた。

この女が夫の愛人で、どうしてくれる、とでもねじ込まれた方が、まだ気楽だったろう。

「——主人は、それを承知してるの？」

「はい。色々心配して下さっています」

「心配って……。主人だって、そんなことが分ったら――」

「私たちも、申し訳ないと思っています。でも、他に頼る方もなくて」

祐子は、言うべき言葉も見付からず、その女をじっと見つめているばかりだった。

3　通行止

「ええ。私のちょっと知ってる人のご主人なんだけど……。診ていただけないかしら」

祐子は、できるだけ押し付けがましくない言い方に聞こえるように、気をつかいながら言った。「あの――お忙しいでしょうし、無理にってことではないんですけど……」

「いいのよ、別に。ただ、主人、夕方から出かけるようなこと言ってたから……。ちょっと待ってね。まだいると思うんだけど」

「すみません」

――電話の向うで、誰かを呼んでいる声が響いている。と、思うと、オルゴールの音が流れて来た。

重苦しい雰囲気の中に流れるオルゴールの呑気な調べは、何とも場違いな感じではあった。

受話器を手にしたまま、ソファに浅く腰をかけている成田圭子の方へ、ちょっと目をやってみる。——成田圭子は、両手を握り合せたまま、じっと身じろぎもせずに、半ば顔を伏せて座っていた。祐子の出したお茶にも、口をつけていない。

「お茶を飲んだら？　もう冷めてるかもしれないけど」

祐子が声をかけると、成田圭子はびっくりした様子で顔を上げ、少し間を置いてから、

「——すみません」

と、茶碗を取り上げた。

どうして余計なことを言ったりしたのかしら、と祐子はちょっと自分に腹が立った。

あの女がお茶を飲もうと飲むまいと、祐子には何の関係もないことなのだ。

本当に——何てことだろう！　こんな厄介事《やっかいごと》を家に持ち込んで来るなんて。とんでもない話だわ。

「——あ、どうもお待たせしてごめんなさい」

と、相手が戻って来た。「五時半ぐらいまでにおいでになれる？　それなら主人も大丈夫だと言ってるの」

千晶と同じ幼稚園に男の子が通っていた、吉坂《よしさか》という家。開業医で、なかなか手広

くやっている。子供の方は、小学校に上る時、私立へ入ってしまったので、それきりだが、母親同士は何となく気が合って、二か月に一度くらいは、外で会ったりしていた。

「五時半ね。——あの、ちょっと待ってくれる?」

祐子は、送話口を手でしっかりとふさいで、成田圭子へ、「五時半までに連れて来て、って。どうかしら」

「五時半……。そのお医者様、どの辺でしょうか」

「T駅の近く。ここからなら歩いても十五分ぐらいよ」

「分りました。すぐに戻って、車で連れて行きます。五時半までなら、何とか」

と、成田圭子は肯いて言った。

「いいわ。——もしもし。じゃ、必ず五時半までに伺います。ごめんなさいね」

「いいえ、構わないのよ」

吉坂久江《ひさえ》は、いつも通りの屈託ない声で言った。お嬢さん育ちの、医者の奥さん、というイメージにぴったりの、おっとりしてどこか子供っぽい印象の残る女性である。

「じゃ、よろしく」

祐子は電話を切った。

「申し訳ありません、ご迷惑をおかけして」

と、成田圭子は立ち上って頭を下げた。

祐子も、迷惑だということを否定する気にはなれない。

「場所を教えて下さいますか」

と、成田圭子が言った。

「そうね……」

祐子はためらった。——吉坂医院は、駅の近くにあるから、歩いて行くには便利なのだが、車となると、駅の近くは一方通行や進入禁止の道が多いので、慣れない人間には分りにくい。

「いいわ」

と、祐子は息をついて、「一旦《いったん》、ここへ寄ってちょうだい。一緒について行くから」

「でも、そんなことまで——」

「間違えないで」

と、祐子は遮って、「道に迷って遅れたりしたら、あちらにご迷惑だし、それに私がついて行った方が、余計なことを訊《き》かれずに済むからよ」

「はい。それじゃ、今からすぐに戻って、乗せて来ます。できるだけ急ぎますので」

「そう願いたいわね」

成田圭子は、大急ぎで玄関を飛び出して行った。祐子が玄関へ下りて、ドアの鍵をかけようとすると、車のエンジンの音が遠ざかって行く。

——祐子は居間《いま》へ戻ると、成田圭子が半分ほど飲んだ茶碗を見下ろして、

「何てことかしら」

と、呟《つぶや》いた。

今の今まで——いや、正確には、夫と成田圭子が一緒にいるのを目撃するまで、かもしれないが——夫には、自分の知らない秘密など、あるわけがない、と思っていた。

それが……。よりによって！

警察に追われている元活動家の逃亡を助けているというのだから！

祐子は、ぼんやりと、しばらくの間、ソファに座り込んでいた。

成田圭子が夫の「恋人」ではないと分って、大分彼女を見る目は変ったが、実際にはもっと厄介な問題を持ち込んで来たことになる。もちろん、圭子自身は、夫について来ているだけなのだろうし、それはそれで、祐子としても同情しないわけではない。

しかし——何て大胆なことを！　呑気《のんき》な夫が、よくそんな思い切ったことをやったものだと、祐子は呆《あき》れていた。

いや、正直なところ、未《いま》だに半信半疑でもあったのである。夫が出張から戻ったら、よく話を聞いてみよう……。

玄関のチャイムが鳴って、祐子はびっくりして飛び上りそうになってしまった。

「ただいま！」

千晶の元気のいい声が、表からもはっきりと聞こえて来た。

成田圭子が車で戻って来たのは、もう五時二十分近かった。

「――すみません」

祐子が玄関へ出て行くなり、成田圭子の方から言った。「途中の道が混んで」

「急がないと。――その人、車に？」

「はい。後ろの席に」

「じゃ、行きましょう」

「ママ、どこ行くの？」

千晶が、玄関へ顔を出した。

「すぐ帰るから。――ちゃんと鍵をかけとくのよ」

「ウン」

千晶は肯いて、物珍しそうな目で、成田圭子を眺《なが》めている。

祐子は、成田圭子を促して、表に出た。

「じゃ、早く――」

祐子は助手席に乗り込んだ。成田圭子がハンドルを握る。――車は、すぐに走り出した。

「ともかく駅の手前まではこの道一本だから」

と、祐子は言った。

「はい。――すみませんけど、シートベルトを」

「え？　あ、ベルトね」

そうだった。助手席に乗っても、ベルトをしなきゃいけないのだ。

「すみません。警官に停《と》められると困るもので」

成田圭子の運転は、なかなか安定して、しっかりしていた。

「――信号を右へ。そうしないと駅の方まで入れないの」

説明して、祐子は、チラッと後ろの座席を見やった。

その男は、暖かい日なのに、コートを着込んで固く腕を組んでいた。顔を伏せて、目を閉じている。眠っているように見えた。

祐子は前方へ視線を戻して、

「――具合、悪いの？」

と、少し低い声で言った。

「ずっと熱が下らなくて……。食欲もないもんですから」

成田圭子は、淡々とした口調で言った。「まだ大分ありますか？」

「もうすぐよ。その先、ガードが見えるでしょ。あの手前を左へ入れば——」

何とか五時半には間に合いそうだ。祐子はホッとした。

「——工事だわ」

と、成田圭子はスピードを落として、言った。

「あら。——困ったわ」

道路を直していて、通行止になってしまっている。歩行者用の通路はあるが、車は入れないのだ。

「もう五時半になるし……」

運が悪いわ、本当に！　祐子は、苛立って、工事中の札をにらみつけたりした。

「ここを入って、すぐそこなのよ。——どうしたらいいかしら」

「車、ここには停めておけそうもありませんものね……。あの——奥様、運転は？」

「車？　私、免許ないの」

「そうですか……」

祐子は、どうしてこんなことまでしなきゃいけないの、と情ない思いで、呟いた。

「——いいわ。あちらを待たせるわけにいかないから」

祐子はシートベルトを外した。「私が連れて行くから。あなた、どこか駐車できる所を捜して、後から来て」

「すみません。じゃ、お願いします」

圭子は、振り向いて、「あなた、この方と一緒に行ってちょうだい」

と、声をかけた。

その男が、顔を上げる。

4 空席

祐子は、思い切り、力をこめて、成田という男をひっぱたいていた。

自分でも、無意識の内にだ。そして、自分がびっくりして、カーッと頬が燃えるように熱くなった。

しかし、もちろん、ひっぱたかれた方だって、祐子に劣らず驚いているはずだ。実際、成田という男は、痛さを感じるよりも何よりも、まず仰天して祐子を見て突っ立っていた。

祐子は、あわてて周囲を見回したが——もう六時を回って、あたりは暗くなっていたから、誰もその様子を見てはいなかったようだ。もう工事も今日の作業は終って、人の姿はなかった。

「どうしたのかしらね」

と、祐子は言った。

車のクラクションが鳴るのが聞こえた。ライトが目をまぶしく射る。

「あ、あれらしいわ」

祐子は手を上げた。車が寄って来て停ると、成田圭子が顔を出して、

「すみません！　どこにも停められなくて、この辺をグルグル回ってたんです」

「大したことないそうよ。注射で一応熱は下ったたし、お薬もいただいたわ」

と、祐子はやたらにふくれ上った薬袋を成田圭子に渡した。「私、これで」

「お宅までお送りしますから」

「いえ、いいの」

と、祐子は断った。

「でも――」

「ついでに買って帰りたい物もあるから。ともかく、安静にしてることですって」

「すみません、本当に」

圭子が降りて来て、夫を後ろの座席へ押し込むようにして乗せる。

「じゃ、お大事に」

と、祐子は言った。

「何とお礼を申し上げていいか……」

「そんなこといいの。でもね――」

祐子は、少し声を低くした。「主人が巻き込まれるのは困るのよ」

「よく分っています」

と、圭子は顔を伏せた。

「あなた方が逃げてるのは、そりゃあなた方の自由ですけどね。もし捕まったら、主人だって、罪になるでしょう?」

「ご主人の名は、決して出しません」

と、圭子は顔を上げて、真直ぐに祐子を見た。「それだけは命にかえても。お約束します」

「別に、そんな大げさに誓ってもらわなくてもね」

と、祐子はため息をついた。「もし――」

と、言いかけてためらい、

「もし……また何かあったら……。主人の方には言わないで。私に連絡してちょうだい。分った?」

「でも――」

「主人には絶対に連絡しないで! あなたがしゃべらなくても、調べて分ったら同じよ。主人も捕まって、仕事も失うことになるわ。分る?」

「はい……」

「でも私なら……。まあ、主人よりは自由な時間も多いし。主人の会社へ電話なんかされたら、同僚の人たちが妙に思うわ。私は、たいてい午前中は家にいるから。電話番号、知ってるんでしょう?」

「うかがっています」

「じゃ、ともかく、まず私に連絡して。必要があれば、私から主人に話すわ。いいわね」

圭子は、ゆっくりと肯いた。祐子は、ちょっと肩をすくめて、

「じゃ、私、ここで」

クルッと背を向けて、駅の方向へと、工事で掘り返した道の〈歩行者用通路〉を歩き出す。その背に向けて、成田圭子が、

「ありがとうございました」

と頭を下げたのにも、祐子は気付かなかった。

「――何てこと!　本当に馬鹿《ばか》げてる!」

無性に腹が立って、ブツブツ言いながら、祐子は駅前に出た。

買物などする気にもなれない。大体、千晶がお腹を空かして待っているはずだ。急いで帰らなくては。

幸い、バスがちょうど出るところで、走って行くと間に合った。——ホッとして、席に腰を落ちつける。

そろそろ勤め帰りのサラリーマンで、このバスも混み始める時間である。

それにしても……。

祐子は、揺られながら、窓の外へ目をやった。——どうしてひっぱたいたりしたんだろう？

いや、もちろん理由はある。

あの成田という男が、病院でも口もきかず、診てもらっても礼一つ言うでもなく、症状を訊かれて、面倒くさそうに返事をするだけだったので、頭に来ていたのである。

祐子にも立場というものがあるのに……。

祐子が、くどいくらい礼を言って、病院を出ると、成田は、注射で少し熱が下りかけたのか、さっさと車の通る道の方へと歩いて行ってしまった。祐子が、さすがにたまりかねて、追いつき、

「帰る時のお礼ぐらい言ってくれなきゃ、困るわ」

と、言ってやると、成田は、ちょっと肩をそびやかして、

「放っといてくれりゃ良かったんだ」

と、言ったのである。

カッとした祐子が、つい……。というわけだった。

何て勝手な男だろう。祐子は、あの圭子という女に、いくらかは同情する気になっていた。

成田という男、夫と同じ四十だということだが、髪は大分白いものが混り、顔色も良くないし、肌も乾いて、生気がなかった。

聴診器を当てられる時にチラッと見た胸にもいかにも力がない。——刑務所で、体を悪くした、ということだったが。

いや、あの男のことは別にどうでもいい。祐子にとって問題なのは、自分の家庭を守ることである。

夫が、犯人の逃亡を助けたという罪で——法律的に何と呼ぶのかも知らないが——逮捕されたとしたら、果してどれくらいの刑になるものなのだろうか。

祐子には見当もつかない。しかし、確かなのは、どんなに軽い刑で済んだとしても、夫は職を失い、祐子と千晶の生活も未来も、一変してしまうということだ。

それだけは——何としても避けなくてはならない。

祐子は、夫に対して腹を立てる気には、不思議に、なれなかった。確かに、学生のころからの親友が助けを求めて来た時に、冷たくはねつけたり、警察へ通報したりはなかなかできるものではない。その気持は、祐子にもよく分った。

——考えようによっては、祐子にこの秘密が分って、良かったのだ。ずっと知らずにいたら、それこそある日突然、刑事がやって来て夫の手首に手錠が光る、ということになっていたかもしれないのだから。

「あ、次だわ」

祐子は、停車ボタンを押して、席を立った。ほとんど同時に、というよりも、まるで祐子の影をお尻《しり》に敷こうとでもいうように、初老のサラリーマンが素早く祐子の立った後の席に座っていた。

近くに、先に座らせるべき老人や妊婦などはいないかと見回すこともしない。そして、座ってしまってからは、そんなことに気付かなくても済むように、週刊誌にじっと目を落として、顔を上げようともしない。

それは何だか侘《わび》しい光景だった。そのサラリーマンを責めたところで始まらないのだ。彼は、ただ疲れているのだ。それだけのことだ。

——祐子はバスを降りて、我が家へと急いだ。

玄関を入ると、千晶が仏頂面《ぶっちょうづら》で立っていた。

「お腹空いた！」

「はいはい。——お菓子食べててもいいわよ」

いつもなら、夕食前にお菓子は禁じている。

「何もないんだもん」

と、千晶は口を尖《とが》らす。

「そう」

夕食の用意をするのに、三十分はかかる。「じゃ、食べに行こうか」

「どこに?」

「中華」

「いや!」

「じゃ、〈スペシャル〉?」

「うん!」

近くの、ファミリーレストランのメニューのことで、小さなオモチャがついて来る。

やっとご機嫌《きげん》のなおった千晶は、笑顔になった。

そうだわ。――この笑顔を守らなきゃ。

私が。何としてでも。

祐子は、右手に財布を、左手で千晶の手をつかんで、

「じゃ、行きましょ」

と、微笑《ほほえ》みかけた。

5　祐子の外出

「引越したって？」

と、その男は言った。

「ええ……」

隣の部屋の主婦は、いかにも迷惑そうだった。「いないんだから、引越したんでしょ」

「いつですか、越したのは？」

「さあね……。少し前よ」

もう五十代も半ば、という感じの主婦。相手が刑事だからといって、気後れする年《と》齢《し》でもないのだろう。

「あのね、洗濯《せんたく》の途中なの。困るんですよね、時間取られると」

「少し前といっても――何日前ですか？」

「そんなこと憶《おぼ》えてやしないわ。昨日《きのう》や一昨日《おととい》でないことは確かよ」

「しかし、大体何日ぐらい前とか――何曜日だったかぐらい、憶えてるでしょ」

「あんた、この前いつ床屋へ行ったかすぐに言える？」

「は？」

刑事は面食らって、「そりゃ、まあ……いつだったかなあ」

「ごらんなさい。自分の頭のことだって分んないくせに、よその家のことまで知りゃしないわよ。分ったら、帰って」

「あ、あのですね――」

三十そこそこの刑事は、それでも必死に食い下って、「どこへ越すとか、言ってませんでしたか？　連絡先とか……」

「いつの間にかいなくなってた、って言ったでしょ。それなのにどこへ越すなんて知ってるわけないじゃないの」

「はあ……」

「じゃ、私、忙しいから！」

バタン、とドアを目の前で閉められて、刑事は思わず顔を後ろに引いた。鼻先に風を感じたくらいの勢いだった。

「畜生！」

刑事は、舌打ちして、空き部屋のドアをにらみつけると、肩をそびやかして、帰って行った……。

――皆川伸夫は、刑事の姿が見えなくなると、隠れていた階段の下から、そっと出て来た。

「やれやれ」

危いところだ。

もし、あの刑事より先にここへ来て、今の隣の主婦とでも話をしていたら……。それを刑事に聞かれたら、引張られてしまうところだった。

皆川は、アパートのドアを眺めた。

引越し。——どこへ行ったのだろう？

ともかく、ここにいても仕方がない。うろうろしていると、またあの刑事が諦《あきら》めずに戻って来ないとも限らないのだ。

皆川は駅への道を歩き出した。——何があったんだろう？

少なくとも、今までは皆川に相談も連絡もせずに、居場所を変えるなんて、したことがないのだ。このところ、成田圭子から電話もなく、心配になったので、こうして、仕事での外出にかこつけて回って来てみたのだが……。

まさか引越してしまったとは思わなかった。

何かよほどの突発的な事情があったのだろう。それにしても、越した後からでも必ず皆川の所へ連絡して来るはずである。

ああして刑事が捜しに来ているぐらいだから、警察に捕まったわけではないのだろうが、では他にどんな理由があるのか。

皆川は不安だった。

成田は体を悪くしてろくに働けないし、もちろん、手配中の身では正式にどこかへ勤めるというわけにはいかない。妻の圭子。——皆川は彼女のことを前から知っているわけではない。成田の妻として知っているに過ぎないが。しかし……。

今、成田を助けているのは、半分は（いやそれ以上かもしれない）圭子のためであることを、皆川自身、よく分っている。

もちろん、皆川と成田圭子の間に、何かあるというわけでは決してない。ただ、ひたすら夫について逃亡生活を送り、愚痴一つこぼしたことのない圭子を、哀れに思っているのは確かだった。

皆川は駅前までやって来て、ちょっと迷った。昼食をすませてから社へ戻ろうか。どうせ真直ぐ戻ったところで、昼休みの途中になる。

「あら、旦那《だんな》さん」

皆川はびっくりして振り向いた。もちろんこんな呼び方をするのは一人しかいない。

「やあ、今日子君か」

妻の祐子の妹だ。「そうか。君、この辺だったね、アパート」

「ええ」

今日子はスーパーの袋を両手に提げていた。「買い出しに行って来たところ。――どうしてこんな所に？」

「うん。いや、ちょっと仕事でね」

と、皆川は言った。「今日子君、一人かい？」

「ええ」

「昼飯でもどう？　僕もどうせこの辺で食べてから会社へ戻ろうと思ってたんだ。どこか安くて旨《うま》い所、知らないか」

「お好み焼の店があるわ。お腹《なか》ももつわよ」

「よし、そこへ行こう！」

今日子がこんな時に遠慮しない性格だということは、皆川もよく分っている。

「荷物、一つ持ってあげるよ」

「あ、悪いなあ」

と言いながら、本当は全部でも持たせたい様子だった……。

「――お姉ちゃんが、どうかした？」

と、みごとな食欲で、お好み焼を一気に平らげて、今日子は目を見開いた。

「いや……。何か君に話してない？」

と、皆川は言った。

「ううん、別に」

今日子は首を振って、「この間も会ったけど、何も言ってなかったよ」

「そうか……」

皆川は考え込んでいた。

「どうかしたの？」

「どうもね」

と、皆川は箸《はし》を休めて、「このところ、様子がおかしくて」

「へえ。——浮気？　それとも旦那さんの浮気に気付いたとか？」

皆川は苦笑して、

「僕がいつ浮気したんだい？」

「男は分んないからね。うちの亭主だって、どうなんだか」

「丸山君が？」

「まあ、そんな稼《かせ》ぎもないから、うちは。でも旦那さんのとこはお金持だし」

「金持じゃないぜ」

皆川は肩をすくめて、「いや、このところよく出かけてるんだ、祐子の奴《やつ》。以前はあんなに出歩かなかったのに」

「いいじゃない。外へ出てる方が気晴らしにもなるし。家の中で苛々《いらいら》が嵩《こう》じてノイローゼとか、キッチンドリンカーになってるより、ずっといいでしょ。それに千晶ちゃんが帰るまでには戻ってるんでしょ？」

「うん、それはまあ――」

「だったら、好きにさせといた方がいいじゃないの」

「いや、それ自体は別にどうってことないんだけどね」

「じゃ、何が気になってるわけ？」

「うん……」

皆川は、ちょっと考えてから、「いや、いいんだ。何でもない」

と、首を振った。

「どうだい、何か甘いものでも食べる？」

「うん！」

今日子は、即座に肯《うなず》いた。

――説明したところで、今日子には分るまい、と皆川は思ったのだ。

正直なところ、皆川にだってよく分っていないのだから。

しかし、確かにどこかおかしい。

以前なら、どこかへ出かけたのなら、皆川が帰ってから、今日はどこへ行って来た、

という話をしたものだ。ところが、最近は何も言わない。隠しているのかというと、そうでもなく、皆川が、

「今日はどこかへ出かけたのか？」

と、訊《き》くと、あれこれしゃべり出すのである。

たったそれだけのことで、と言われそうだが、人間というのは、そう簡単に変るものではない。何かわけがあるはずだ、と、皆川は考えていた。

それに――我ながら馬鹿らしいとは思うが――このところ、祐子がいやに元気そうなのだ。「元気」といえば、もともと「元気」ではあった。「張り切っている」とでも言ったら正解かもしれない。

――妙な話だ。

妻が、何となく元気がないからといって心配するのなら分るが、前より元気がいい、といって心配するというのは……。

――今日子と別れて、駅に入った皆川は、ふと思い立って、家に電話を入れてみることにした。

別に出かけるとは言っていなかったが。

しかし、家に電話しても誰も出なかった。もちろん、特に外出しなくても、近くに買物へ出ることはあるだろう。トイレに入ってて、電話が鳴ってるのが聞こえないっ

てことも。

そうだ。別に気にするようなことじゃないんだ……。

皆川は、電車がやって来るのを見て、ちょっと肩をすくめた。

6　圭子の涙

皆川が、祐子に限って妙なことなどするわけがない、と自分に言い聞かせていたころ――当の祐子は、両手一杯に、バケツだの洗剤だのをかかえて、フウフウ言っているところだった。

四月もそろそろ末に近い。いわゆるゴールデンウィークがやって来るころである。昼間は結構暖かくて、こうして大荷物をかかえて歩いていると、汗ばんで来るのだった。

「全く、もう……」

と、祐子は、独り言を言った。「男手がないってのは不便だわね」

ないわけじゃない。男だっているのに。――およそ頼りにならない男なんだから！

スーパーの雑貨売場で買い込んで来た掃除《そうじ》用具を、祐子はせっせと運んで来たところだった。そして、低い塀《へい》のある、大分古びた一軒家の前まで来ると、

「ちょっと！　圭子さん！」

と、塀越しに呼びかけた。「圭子さん！」

「はい！」

家の、庭――といっても、洗濯物を干したら一杯になるくらいのスペースだが――に面したガラス戸が開いて、頭に手ぬぐいをかぶった成田圭子が顔を出した。

「ちょっと手伝って！　こぼれちゃいそうよ！」

「はい、すぐ行きます！」

圭子の姿が一旦見えなくなって、それから玄関のドアが開くと、圭子が飛び出して来た。――と思ったら、

「ワッ！」

と、声を上げて転んでしまった。

「まあ、大丈夫？」

「ええ……。すみません、あわてちゃって」

真赤になって、立ち上ると、圭子は祐子の手から、バケツだのモップだのを受け取った。

赤いシャツを腕まくりして、ジーパン姿。いつものの、どことなく哀しみを含んだ姿とはいささかイメージが違うが、これはこれなりに若々しかった。

「――申し訳ありません、お手数かけて」

と、家に上ると、圭子は、「お茶、いれますから」

「いいのよ。暑くて、汗かいちゃったから、お茶は後で。――あら、ずいぶん片付いたじゃない？」

「ともかく、物をしまい込まないと」

と、圭子は台所へ行って、手を洗いながら言った。「何度も引越してますから慣れてますけど」

「それもそうね」

祐子は、家の中を見回した。――2LDKの造り。狭いが、一応、「庭つき一軒家」である。

「――あの人は？」

と、祐子は訊いた。

「主人ですか？　何だか、私が『邪魔だからどいて』って言って追い払うもんですから、どこかへ出かけましたわ」

「大丈夫なの？」

「いちいち心配してられませんもの」

と、圭子は言った。「ノイローゼになっちゃったら、主人の面倒もみられないわけですし」

「そりゃそうだけど……」

祐子は、すっかり色の変った畳の上に座り込んで、「でも、よくやるわねえ。私だったら、きっと逃げ出してるな」

「そんなことおっしゃって」

と、圭子は微笑んで、「奥さんは本当に優しい方ですもの。私なんか、仕方なくて主人について歩いてるだけですから」

「その割にゃ、あの人、あなたに一向に感謝してないみたいだけど」

「どうでしょうか」

と、圭子は、ちょっと手を休めて、「あの人、口下手ですから。でも、私の体のこと、よく心配してくれますわ」

「当り前よ。散々苦労かけてんだから」

他人事ながら、祐子は、妻に対する成田の態度に腹が立つことがしばしばだった。

いや、祐子がそう何度もこの夫婦と会っているわけではない。

ただ、この一軒家を見付けて、越して来る手伝いをしていたので、このところ圭子の方とはちょくちょく会っていたのだが。

越して来たのはつい三日前。――アパートに刑事が来ていることなど、知る由《よし》もない。

あの刑事も、隣の主婦に相当馬鹿にされていたわけである。

「奥さん」

と、圭子が時計を見て、「よろしいんですか、お嬢ちゃんが……」

「ああ、そうね。まだ帰らないと思うけど。でも――そろそろ失礼しようかしら」

「どうぞ。本当に助かりました。このご恩は――」

「やめてやめて」

と、祐子は手を振って遮《さえぎ》った。「私は、ともかくうちの主人とあなた方を、無関係にしておきたいだけ。別に好きで助けてるわけじゃないんだから」

「でも、やっぱり――お礼を申し上げなくちゃ」

「明日から、また仕事でしょ？」

「ええ。休んでいられません。正式に雇われてるわけじゃありませんから、すぐクビですもの」

「ま、あなたに倒れられたら、私も困っちゃうからね」

「大丈夫です。こう見えても頑丈《がんじょう》にできてるんですから」

と、圭子は言ったが、祐子にはとてもそうは見えない。

しかし、もちろんそんなことまで祐子が気にかける必要はないのだ。この引越しの費用だって、ほとんど祐子が出してやっているのだし。

「じゃ、私、失礼するわ」

と、祐子が立ち上ると、圭子も、

「どうも——」

と、立ち上りかけて、「アッ!」

と、膝《ひざ》を押えた。

「どうしたの?」

「いえ……。さっき転んだ時に……」

「——まあ!」

ジーパンの膝の所に黒くにじみ出ているのは血らしい。「血が出てるじゃないの! 痛いでしょう」

「いえ……。大したことは」

「バイ菌でも入ったら大変よ。お薬は?」

「どこかその辺の段ボールの中だと思いますけど……。まだ出て来ないんです」

「捜してるより買って来た方が早いわね。——待ってて」

圭子が何も言わない間に、祐子は、財布を握って表に飛び出していた。

「ええと……確か、さっき薬局の前を通ったわ」

記憶は正しかった。小さな薬局へ飛び込むと、消毒薬とヨードチンキ、ガーゼ、包帯などを一揃《そろ》い買って、急いで戻る。

「――どう？」

と、息を弾ませながら上って行くと、ジーパンを脱いだ圭子は、水道の水で、膝の傷を洗っているところだった。

「ええ……。私ってドジだから」

「ほら、ちゃんと消毒しなきゃ。足を出して――下に新聞紙でも敷いて」

「すみません」

「謝ってばっかりいなくていいわよ。――いい？　ちょっとしみるわよ」

膝の傷へと、消毒薬をたらしてやると、圭子がちょっと顔をしかめた。白い泡《あわ》が傷口を包むように出て来る。

「もう一度ね。――これでいいでしょ」

脱脂綿で傷を拭《ぬぐ》った後。ヨードチンキをぬって、ガーゼを当てる。

「子供が年中けがするから、慣れてるのよ」

と、祐子は言った。「包帯しとくわね。動くと、また血が出るかもしれないから、今日はもうやめといた方が……。どうしたの？」

祐子はびっくりして言った。圭子が、声を殺して泣いていたのだ。

「――ね、痛かった? 私、子供相手のつもりで、つい乱暴にしちゃったから」

「いえ……」

圭子は首を振って、言った。「こんなに親切にしていただいて……。いつも逃げ回って、人のこと、信じられなかったんです。それが……。ご迷惑をかけてる私に、こんなに優しくして下さって……。私……」

と、両手で顔を覆《おお》って、また泣き出してしまう。

祐子は、戸惑ったものの、ふと心の和むのを覚えた。もちろん、迷惑な思いはしているのだが、この圭子という女性個人への思いは別だ。

「ねえ。――泣かないでよ。いじめてるみたいじゃないの。けがした人の手当をするのは当り前よ。そんなに――」

圭子は、いきなり祐子に抱きついて来た。祐子もちょっとびっくりしたが……。

でも、逃亡犯の夫を支えての日々、どんなにこの圭子が疲れているかを考えると……。

泣かせてやるくらい、お金もかかんないしね。

祐子は、自分の肩に顔を押しつけて泣いている圭子の頭を、そっと撫《な》でてやるのだった……。

7　小犬

成田と圭子の「新居」を出ると、祐子は急ぎ足で、バス停への道を辿《たど》った。

圭子が泣き止《や》むまで、ずっとそばにいてやったので、結構遅くなってしまったのだ。早く帰らないと。——でも、まあ充分に、千晶の帰る時間には間に合うだろう。

それにしても……。まあ、お人好しなことだわ。我ながら、祐子はそう思う。

確かに、成田夫婦が、夫に援助されていたことが分っては困るというのが、祐子を動かしている、直接の理由ではあったのだが、今となっては、あの圭子を、そう簡単に見捨てることなど、できそうになかった。

成田がどんなことをやって逃げているのかも、実は祐子は知らないのである。いや、知らない方がいいと思ったのかもしれない。

別に、成田が捕まろうがどうしようが、祐子には何の関係もないことだ。そうは思っていても……。

もし、夫が逮捕されたら、圭子がさぞ悲しむだろうと思うと、祐子は胸が痛むのだった……。

バス停まで歩いて来ると、少し汗ばむ。それくらい暖かくなって来ていたのである。

バスの時刻表を見て、腕時計を見ると、あと、五、六分で来ることになっていた。

でも、バスの時間はあんまり正確じゃないものね。

ちょっと息をついて、周囲を見回していると――成田が歩いて来るのが目に入った。

どこへ行っていたのか、相変らず不健康そうな顔色で、うつむき加減に歩くので、ますます陰気くさい印象を与える。

タバコの箱を手にしていた。――体が悪いっていうのに。

自分のことを大事にしないような奴のこと、どうして大事にしてやるんだろ？

祐子は、何だかやたらと腹が立って、成田をにらみつけてやった。

しかし、当の成田は、道の反対側を歩いているので、祐子のことに気付いていないのだった。

と――どこから出て来たのか、小犬が一匹、トコトコついて来て、成田の足にじゃれついた。成田はちょっとびっくりしたようだったが、足を止めると、かがみ込んで、小犬の頭をなでてやっている。

動物好きなのね。――祐子は、成田が、人なつこい笑顔を見せたのを、初めて目にして、びっくりした。

まるで別人みたいだ！

いつもは、笑うことなんか忘れてしまったみたいで、祐子と顔を合わせても、挨拶《あいさつ》もしないのだから。

刑務所暮しや、逃亡生活。――無愛想になるのは当り前かもしれない。

成田が立ち上って、歩き出す。小犬の方は、ついて行くのを諦めたのか、向きをかえて、またトコトコ歩き出した……。

ゴーッと地響きがして、重そうなトラックが走って来る。

小犬は、道を渡ろうとした。トラックが、そんなものなど気にもとめないように、進んで来る。

危いわ、と祐子は思った。――ひかれる！

でも、思うだけで、体は動かず、声も出ない。小犬が、足を止めて、キョトンとした目で、迫って来る「怪物」のような巨大なものを見上げた。

成田が走って来た。小犬をサッと抱きかかえると、そのまま、道の端へと転って行った。

キーッと甲高いブレーキの音がして、トラックが停る。

「――馬鹿野郎！　何やってるんだ！」

運転手が、窓から顔を出して、怒鳴った。

成田は、小犬を置いて立ち上ると、

「貴様こそ何だ！」

と、怒鳴り返した。「小犬をひき殺すところだったんだぞ！」

「知るかよ、そんなこと！」

「何だと——」

成田が、いきなり駆けて行くと、トラックのドアをつかんで、「降りろ！　貴様、生きものを殺しても平気なのか！」

「うるせえ！　人をひいたら、こっちが迷惑なんだよ！」

「出て来い！　犬に謝れ！」

派手にやり合っている内、通りかかった人や、近所の人たちが、何事かと顔を出す。

トラックが停《とま》っているので、後ろから来た車が、通れずにクラクションを鳴らした。

「引込んでねえと、ひき殺すぞ！」

「やってみろ！　この人殺しめ！」

人が集まって来る。

こりゃいけない、と祐子は思った。みんながこれで成田の顔を憶《おぼ》えてしまうだろう。

祐子は、たまりかねて、成田の方へ駆けて行った。

「ちょっと！　やめなさい！」

と、成田の肩をつかむ。

成田が振り向くと、

「あんたか。放っといてくれ！　こいつ、許せないんだ」

「やめなさいってば！　みんなが見てるじゃないの」

「構うもんか！」

祐子は、トラックの運転手の方へ、

「早く行って！　この人のことは放っておいて」

「あんたの亭主かよ」

と、運転手は苦い顔で、「妙な野郎だぜ、全く！」

「何だと、貴様──」

「もう、やめて！」

と、祐子は、成田の腕をつかんで、引張って行った。

トラックが、再び、地面を震動させながら、走って行く。──集まっていた人たちも、また散り始めた。

「離せよ！」

と、成田が祐子の手を振り払う。「このお節介め……」

祐子は、ムッとするのを、何とかこらえて、

「自分の立場を少しは考えなさいよ！　あんなことして、みんなにわざわざ顔見せてるようなもんじゃないの。圭子さんのことを考えて、少しは自重したらどうなの

よ！」

成田は、興奮したせいか、真赤になって、汗まで額に浮んでいる。

「俺《おれ》は圭子に養われてるさ。だからって、俺は俺だ！　あんたなんかにつべこべ言われる覚えはないぜ！」

「そう。——じゃ、勝手にするのね」

祐子は、バス停の方へと戻って行った。ちょうどバスが来る。

急いで乗り込むと、席に座って、目を閉じ、じっと呼吸を整えた。——腹が立つあまり、胸が苦しいくらいだったのだ。

あの、どうしようもない、馬鹿！

怒ったって仕方ないわ。あんな奴、本気で腹を立てる方が損だわ……。

ヒョイと肩をすくめて、祐子は、何もかも忘れようとした。

しかし——自分でも分っていたのだ。あの男のことをこんなに怒っているのは、一つには、自分がどうにもできなかった、あの小犬を彼が助けたからだということを。

それに、ああして、危険を忘れて、小犬を救ったこと自体は……悔《くや》しいけど、なかなか立派なことだった。

でも、小犬のことを心配するのなら、奥さんのことを心配してあげりゃいいんだわ。

そうよ……。

一人であれこれ考えていて、祐子は危うくバスを降りそこなうところだった。

家に帰って、祐子は玄関の鍵をあけようとして、びっくりした。

鍵が開いているのだ！　でも――千晶は、鍵を持っていないのに。

そっとドアを開けると、

「お帰り、この非行中年！」

と、妹の今日子が顔を出した。

「何だ、今日子なの。――ああ、びっくりした！」

「来てみたら、千晶ちゃんが、玄関の前で、ポケッと立ってるじゃない。びっくりしちゃった」

「そうだったの。ごめん」

祐子は、上って、「遅くなるつもりじゃなかったのよ」

と、息をついた。

「適当におやつ食べてたみたいよ」

「どこにいる？」

「お部屋でしょ」

「また、マンガばっかり読んでるのよ。困っちゃうわ」

「じゃ、私とそっくり」

と、今日子は言った。

祐子は笑ってしまった。実際、この妹といると、気持が明るくなる。

「丸山君は？」

「うちの旦那は、何だか友だちと飲みに行くって」

「へえ。珍しいじゃない」

「どうせお金、持ってないんだから、たかが知れてるけどね」

「じゃ、夜、一緒に食べてく？」

「そうね。――お邪魔じゃない？」

「何言ってんのよ」

「それにお昼食《ひる》もねえ……」

「お昼食？」

祐子は、今日子を見て、「お昼食がどうしたの？」

「お昼食も、おごってもらったの」

「――誰に？」

「旦那さん」

「うちの人？」

「そう。二人でホテルに行ってね、不倫してからお昼食を食べて……」

「もう少し、本当らしいこと言ってよ」

と、祐子は苦笑した。

「おごりは本当よ。ばったり会ってね」

「へえ」

「ね、お姉ちゃん」

「何よ」

「疑ってるよ、旦那さん」

「何を？」

「お姉ちゃんが、秘密を持ってるって」

祐子はドキッとした。

8　カップル

「皆川さん、お電話」

と、女の子に呼ばれて、

「おっ、今出る」

と、皆川は手を上げて見せた。他の電話に出ていたので、すぐには出られないが、ともかく待っててもらえ、と手で合図する。

やっと終って、もう一本の電話に出る。

「もしもし」

と、男の声だった。

「皆川です」

「あの……」

声で分った。皆川は、

「それはどうも申し訳ありません。そちらの電話は?」

「公衆電話です。番号は――」

皆川はメモを取らずに頭に入れると、

「じゃ、またその内、かけますので。どうも……」

と、切った。

「やれやれ。忙しい日は忙しいな」

と、ため息をついて、立ち上ると、「ちょっと、お茶を飲んで来るよ」

「お客様の電話は?」

「かかって来たら——死んでます、とでも言っといてくれ」

皆川は、オフィスを出た。

ビルの一階ロビーへ降りて、赤電話を捜す。空いた所でないと、だめだ。

——ここでいいだろう。用心の上にも用心を。

その番号にかけると、すぐ相手が出た。

「皆川さんですか」

「うん。どうだい、何か分ったか、成田たちのこと」

「どうも妙なんです」

「というと？」

「急に越して行ったらしいんですけど、引越しをした会社はよく分らないんですよ」

「そうか」

「でも、結構、人手もあって、ちゃんと金も払っていたそうです」

「ふーん。じゃ、夜逃げというわけじゃないんだね」

皆川は肯いて、「引越し先は何とかつかめないかね」

「今のところは……」

「そうか。いや、すまなかったね」

「あの——皆川さん」

「何だい？」

少し、向うはためらっていた。

「どうした？」

と、皆川が訊《き》くと、

「まさか、とは思うんですけど……」

「何が？」

「成田たち……金をもらって、どこかに逃げたんじゃないでしょうね」

「金を？　どこから？」

向うは答えなかった。——皆川は、やっと向うの言いたいことを理解した。

「馬鹿言うなよ！　成田は、友だちを売るような奴じゃない」

つい声が高くなって、あわてて周囲を見回す。「大丈夫。そんな心配はないよ。現に、誰にも被害は出てないんだろ？」

「今のところは」

「成田はそんな奴じゃない。信じていいよ」

「そうですね」

と、向うは気のない様子で、「じゃ、また何か分ったら……」

「うん。連絡してくれ。——ありがとう」

皆川は電話を切った。そして、呟《つぶや》くように、

「まずいことになった」

と、言った。

——席へ戻ると、あまり頭を使わなくてすむ、書類のチェックを始めた。何か考えたい時には、これをするのである。

まずいな。——向うは疑っている。

成田を助けたのは、いわば、「友情の証」だった。

かつての親友である。今は、大分人が変ったようだが、それでも助けを求めて来た成田を、つきはなすことはできなかった。

ただ、問題は成田を助ける過程で、成田の仲間たちと接触せざるを得なくなったことだ。

いや、成田と皆川が、以前のような関係でいる限り、問題はなかった。それが——突然成田が姿を消した。仲間にも連絡していないらしい。

それは、安全を考えてのことだろうが、しかし、互いに不安な身である。つい仲間でさえ、疑ってみたい時もあるだろう。

成田が、同じように潜伏している仲間のことを警察へ密告して、その見返りに逃がしてもらった。——あの男は、そう疑っているのだ。

そんなことはない。もちろん、皆川は成田を信じていたが、しかし……。

いくら親友でも、心の奥底まで、知っているわけではない。

絶対か、と訊かれれば、すぐには肯《うなず》けないのが、皆川の辛《つら》さだった。

また電話が鳴る。皆川はすぐに取った。

「もしもし。――あなた？」

「祐子か」

皆川はホッとした。「どうかしたのか？」

「そうじゃないの。今日は早く帰る？」

「どうかな……。何か用事かい？」

「忘れんぼ」

「え？」

何だっけ？　祐子の誕生日――じゃない。千晶の、でもない。俺の誕生日でもないよな？

そうか！　結婚記念日だ。

ついこの間、その話をしていたことを、皆川はうっかりしていたのだ。

「思い出したよ。すまん」

「いいえ、どういたしまして」

「どうする？　外で食事でもするか」

「いいわね。──じゃ、会社を出る時に、電話してくれる？」

「ああ」

皆川は電話を切った。

「何を忘れてたんですか？」

と、女の子に訊かれ、

「いや──別に」

と、皆川はとぼけた。


「まだ？」

と、千晶が言った。「パパ、遅いね」

「もうすぐ来るわよ」

と、祐子は言った。

駅の近くで待ち合せ。──分りやすいが、ともかく凄《すご》い人出だ。

千晶は、どっちの親に似たのか、せっかちである。かなり苛々《いらいら》している。

「あれ、パパかなあ？──違うね」

と、一人でやっている。

「手をつないでるのよ」

と、祐子は言った。「迷子になっちゃうからね」

駅前から、わきの細い道へと入って行くカップルが、結構目につく。あの先はホテル街である。

まだ、夕方、明るいくらいなのに、よく平気でね……。今の若い人は。

祐子は、ぼんやりと人の流れを眺《なが》めていた。夫の方で見付けてくれるだろうから。

暖かい日で、夕方になっても、空気は生あたたかかった。

さて、今夜は何を食べようかしら？　この近くの店だと……。

すると――突然、目に止った。

成田圭子が、五十近いだろうと思える男と腕を組んで、ホテル街の方へと、足早に消えて行ったのである。

あれは……。本当に、彼女だろうか？

祐子が呆然《ぼうぜん》としていると、

「パパだ！」

と、千晶が、声を上げた。

9　陰気な電話

「千晶は、もう寝たか？」

と、皆川が新聞から目を上げて言った。

「ベッドに入ったとたん、グッスリよ」

祐子は、ソファにドカッと座り込むと、息をついて、「食べ過ぎて苦しい！」

皆川は、ちょっと笑って、

「店の方もびっくりしたかもしれないな。三人で十皿以上も食べた」

結婚記念日の夕食といったところで、千晶を連れているのでは、ロマンチックなフランス料理というわけにはいかない。

ともかく、千晶の好物で、量があって……。皆川の方は、

「今日は何を食べてもいいぞ」

と言ったが、後の家計に影響が出るのでは、苦労するのは祐子の方だ。

結局、〈しゃぶしゃぶ〉で、お肉食べ放題、という店に入ることにした。もちろん店の方も損をしない程度の値はつけているのだろうが、それでもなかなか「安くて旨《うま》い」という印象ではあった。

って瞼がくっつきそうだったのだ。

千晶もいつになくよく食べて、祐子が思わず、

「いつもお肉を食べさせてないみたいじゃないの」

と、文句を言ったくらいである。

しかし、まあ三人とも満腹になり、帰りのタクシーでは、千晶はスヤスヤ。祐子だって瞼がくっつきそうだったのだ。

お風呂《ふろ》に入って、大分頭もスッキリしたのだが。

「まだ割と早いのね」

と、祐子は時計を見て、言った。

「あなた、たまには早く、お風呂に入って寝たら？」

「そうだな」

と、皆川は伸びをして、「――お前、寝ないのか」

「新聞見てからね。どうして？」

「いや……。結婚記念日だし、一つ……」

と、皆川がウインクして見せる。

「何言ってんの」

祐子は、にらんでやったが、別に、いやとも言わないので――皆川はさっさと風呂へ入りに行った。

いつもは、TVのプロ野球のニュースを見たりなんかして、なかなかお風呂へ入らないくせに……。

祐子は、新聞を広げた。――〈ラブホテルで女性殺さる〉という記事が目につく。そんなに大きな扱いでもない。別段、珍しいニュースというわけでもないのかもしれないが、人一人殺されたというのに、この程度かしら、と思う。

殺伐としたニュースというのも、毎日くり返されていると、何も感じなくなってしまうものだ。

今日のあの女……。五十歳ぐらいにはなるかという男と、腕を組んでいたのは、本当に成田圭子だろうか？

よく似た別人かもしれない。何といっても、夕方で、しかもそう近くから見たわけでもないのだし……。

しかし、祐子はもうかなり成田圭子のことを見ている。ただ顔が似ている、というだけなら別だが、髪型も、体つきも、歩き方もそっくりだ。

あれは、やはり成田圭子だと思うしかないだろう。相手の男は何者なのか？

なかなか身なりのいい紳士のようだった。

「――まさか」

お金のために、圭子が金持の中年男の愛人になっている。家には逃亡犯の夫……。

それじゃ、まるきり安手のメロドラマだわ！　勝手に決めちまっちゃいけない。

圭子には圭子なりの事情というものが……。

でも、やはり気になる。――我ながらお節介とは思うが。

「人のことなんだから、放っときゃいいんだわ」

と、口に出して言ってみるのだが、今度会ったら、きっと、訊いてみることになるだろう。

新聞の他のページをめくっていると電話が鳴り出した。早いとはいっても、十時半である。

「誰かしら。――はい、もしもし」

向うはちょっと黙っていた。祐子が、もう一度、

「もし――」

と、言いかけた時、

「奥さんですね、皆川さんの」

男の声で、しかし、どことなく、妙な口調だ。何だかいやに秘密めかした、というか、人目をはばかっている、という感じの声なのである。

「そうですけど……。どなた？」

「ご主人は？」

「今——お風呂に。どなたですか？」

「じゃ、いいです」

「いいです、って。どなたなんですか？」

プツッと電話は切れてしまった。

声の調子で、相手がどんな関係の人間か、大体は分る。しかし今の話し方は、どうみても会社の人間でもないし、友だちという感じでもなかった。

「誰かしら？」

祐子は、考え込んだ。

もちろん、夫にかかって来た電話なのだから、今の電話のことを夫に話しておくべきだろう。

しかし、祐子は直感的に、あれがあまり「いい相手」ではないと思った。つまり、夫にとって、何か面倒の種になりそうな……。

今夜は黙っておこう、と祐子は思った。

もし、また同じ相手からかかって来るようだったら、その時、話してもいい。

ただ——妙なことだが、もちろん知らない相手なのに、祐子は今の男の話し方を聞いて、ふと誰かと似ている、と思った。

誰とは分らないのだが、どこかで、ああいう話し方を聞いたことがあるような気がした……。

ぼんやりしていると、皆川が、風呂から上って来た。

「おい、何してるんだ?」

「え? ——ううん、別に」

つい、夫のことを忘れてしまうというのも困ったものだが、しかし……。その後には、祐子もしっかり、夫を忘れていないことを、ベッドの中で実証してみせたのだった。

「——ああ、汗をかいたよ」

皆川が、ベッドから起きる。

「お疲れさま」

と、祐子は言ったが、疲れてはいても快い疲れで、このまま眠ってしまいたい気分だ。

「——シャワーを浴びて来る」

と、皆川は、寝室から出て行った。

少し太ったかしら、あの人。

少しまどろみながら、祐子は思った。——でも、成田圭子とうちの夫、本当に何の関係もなかったんだろうか?

もちろん圭子は否定しているし、祐子もそれが嘘《うそ》とは思わない。しかし、圭子のようなタイプの女性が困っているのを見れば、夫はつい助けたくなるような性格である。妙な下心がなくても、だ。——もちろん、成田が旧友だから助けていたのだろうが、きっとそれだけではなかったろう。圭子に同情して、という点も少なからずあったはずだ。

その点、祐子も夫と似ているので、よく分るのである。

でも——いつも思うのだが、圭子は、いつまであぁして成田について歩いているのだろう。もし捕まったら、彼女も何か罪に問われるのだろうか？

成田がもし本当に圭子を愛しているのなら、自分から別れるべきだ。——もちろん、そんなこと、するわけはないが。

本当にね、あんな男のどこがいいのかしら……。

ウトウトしかけていた祐子は、ハッとして目が覚めた。

さっきの妙な電話の男。あの話し方は、成田とよく似ている。

成田の声なら、たぶん聞けば分るだろうし、あれは全然違う声だったが、どこか声をひそめている話し方、ぶっきら棒な声、投げやりな感じ。——どれも似ている。

まあ、もちろん、話し方だけでどうこう言えるわけではないにしても、その可能性だけはあるのではないか。

成田と同じように、逃亡している誰かだという可能性……。

しかし、夫は成田と個人的に付合っていたから助けていたのだ。成田に誰か仲間のような者がいたとしても、夫とは関係ないはずである。

――皆川は戻って来ると、ベッドに入って、すぐ寝入った様子だった。

祐子は、なかなか寝つけなかった。

新しい不安が芽生えつつあったからだ……。

10　秘めた情事

そばを通って行くだけで、思わず身がすくむような大型トラック。それが次から次へと地響きをたてて、倉庫から出て行く。

祐子は、世の中にゃ、こんなに荷物を運ぶ人がいるのか、と妙なことに感心していた。

倉庫には、引っきりなしにトラックが出入りしている。その度に、足下が揺れるようで、その内、地面が沈んじゃうんじゃないかしら、と心配になるくらいだった。

トラックの音で、足音に気付かなかったらしい。

「奥さん、すみません」

と、呼びかけられて、やっと振り向く。

「お仕事中に、悪いわね」

「いえ、どうせお昼休みなんです」

と、圭子は言った。

「一時半から？」

「交替です。まるまる休むわけにいかないんです、忙しくて」

「大変ね」

「その先に、おそば屋さんが――」

一昔前の事務服を着た圭子は、しかし、それなりに活《い》き活《い》きして、楽しげに見えた。

「膝《ひざ》のけがはもう大丈夫？」

と、祐子は訊いた。

「ええ、もう何とも」

「そう。良かったわね」

倉庫の並んだ、やたらだだっ広い一画を抜けて外へ出ると、トラックの震動で今にも潰《つぶ》れちゃうんじゃないかと思える古ぼけたそば屋があった。

「見かけの割にはおいしいんですよ」

と、圭子は微笑《ほほえ》んで言った。

中は、客も二、三人しかいなくて、ガランとしていた。昼食時には、立って並ぶほどの混みようらしい。

できるだけ奥まった席で、祐子も昼食はすませていたが、一応タヌキうどんなどを頼んだ。

「——こんな所まで押しかけて来て、悪いわね」

と、祐子は言った。

「いいえ！　奥さんのご用でしたら、いつだって——」

「ご用ってわけじゃないんだけどね」

祐子は、前夜の電話のことを、圭子に話した。「——もちろん、勝手な想像なんで、怒られるかもしれないけどね」

「いいえ」

圭子は首を振った。「もしかしたら……。奥さんのお考えの通りかもしれません」

「じゃ、やっぱり同じような仲間の人がいるの？」

「はい。でも、互いにバラバラに姿を隠していますから。ただ、何かの時には必要だというので、連絡は取り合っているんです」

「あなたも？」

「いいえ」

と、圭子はきっぱりと言った。「奥さんとの約束ですもの。今の住所は、誰にも連絡していません」

「そう」

「ただ……。主人にも、そう約束はさせましたけど、果して守ってくれているかどうかは、何とも——。あ、すみません」

そばが来て、圭子は、急いで食べ始めた。もちろん、祐子の方も追っかけて出て来る。

「——でも、もしそれが主人の仲間の誰かだったら、きっと私たちがどこへ行ったか分らないので、お宅へ電話したんだと思います」

「じゃ、一応、あなたの旦那も、秘密は守ってる、ってわけね。でも、うちにとっては同じことだわ。その仲間の人が、主人を知ってるっていうんじゃ」

「そうですね。そこまで考えませんでした」

と、圭子は眉《まゆ》を曇らせて、「すみません。ご迷惑をかけないとお約束したのに」

「いいわよ、別にまだ実害があるわけじゃないし」

と、祐子は、うどんを食べながら、「——本当だ。結構いい味してる」

しかし、圭子の方は、何だか食欲がなくなってしまったらしい。祐子は、

「ちゃんと食べて。体力つけないとだめよ」

と、つついてやった。

「ええ……」

圭子は、しばらく考えてから、「私が、仲間の人たちに連絡を取ってみますわ」

と、言った。

「でも――」

「今の住所や勤め先は言いません。ただ二人とも無事で、助けてくれてる方の迷惑になるので、何も言えない、と話しておきますわ」

「それで済むかしら？」

「大丈夫だと思いますわ。ご主人とはもう何も関係ないから、一切連絡しないように、念を押しておきます」

「そう。じゃ、お願いね」

「はい」

圭子は、また急いで食べ始めた。

「ゆっくり休んでられないの？」

「――人が足りないんで、二十分ぐらいで戻らないといけないんです」

「大変ね」

「でも、そのおかげで、色々うるさいことも訊かれずに雇っててもらえるんですから」

と、圭子が言った時、店の戸が、ガラガラッと開いた。

「いらっしゃい」

と、店のおかみさんが声を上げる。

「天そば」

と言って、その男は店の中を見回すと、「やあ、金田《かねだ》君か」

と、圭子に声をかけた。

成田圭子は、ここでは「金田」という変名を使っているのだ。

「あ、課長」

圭子は、ちょっと会釈《えしゃく》した。

背広型の、大分くたびれた事務服をはおったその男は、圭子たちのテーブルの方へ歩いて来た。

「今、休み?」

「はい」

「腹が減るだろう。君なんか年上の方なんだから、先に食べちまえばいいんだよ」

「若い人の方が、お腹は空きます」

「それもそうかな」

その男は、祐子の方をチラッと見た。

「あの――私の従姉なんです」

と、圭子が説明する。

「こりゃどうも。課長の杉田《すぎた》です」

「いつも圭子さんがお世話に――」

「いやいや。一番良く働いてくれるんですよ、うちの事務では。彼女がいなくちゃ、とてもやっていけません。――おい、そこへ運んでくれ」

と、店のおかみさんに、少し離れたテーブルを指さし、「いや、失礼。彼女に、ぜひ長く勤めるように言っておいて下さい」

そつのない笑顔で言って、自分のテーブルへと歩いて行く。

遠くで見ていたのと、大分感じが違うわね、と祐子は思った。

そう、昨日の夕方、圭子と二人でホテル街へ入って行ったのが、この杉田という男だったのだ。


――そば屋を出て、祐子と圭子は、また倉庫の方へと歩き出した。

「荷物の出し入れも、種類や数が多いので、大変なんです」

と、圭子は言った。「コンピューターでも入れないと、もう処理し切れませんね。

でもそうなると、こっちが『処理』されちゃうけど」

「ねえ、圭子さん」

と、祐子は言った。「昨日の夕方、あなたを見かけたのよ」

「え？」

「今の杉田とかって人と、腕組んで歩いてたでしょ」

圭子は、ちょっと目をそらしたが、すぐに肩をすくめて、

「見られちゃったなんて……。悪いこと、できませんね」

と、笑った。

「あの人と……」

「時々、ホテルに……。親切にしてくれますし、私が身許《みもと》を偽ってることも、分って
て雇ってくれてるんです」

「そう」

「でも——決して、脅《おど》されたとか、無理強《じ》いされたとかじゃないんです。あの人も寂
しい人で……。奥さんの方が財産家で、婿《むこ》養子みたいなものらしいんです。家に持っ
て帰れないグチを、いつもホテルで私に向ってこぼしてます」

「そう」

と、祐子は言った。

それしか、言いようはない。祐子が口を出す問題じゃないのだから。

「それならいいの」

と、祐子は言った。「もしあなたが——怒らないでね——お金のためにあんな……」

「少しはおこづかいをもらってます」

と、圭子は言った。「でも、あの人も、そうお金を持ってませんんし、本当に、たまにちょっといいお肉を買って帰るとか、その程度のものです」

「ご主人、気付いてないの？」

「と思います」

どうかしら、と祐子は思った。病人というのは、周囲の人間の挙動に敏感なものである。

妻が他の男と寝て来たというのに、気付かずにいるものかどうか……。

ともかく、祐子は、そのまま圭子と別れて帰途についたのだった。

11　暗い露地

「ごめんね、千晶ちゃん」

と、ミヨちゃんのママは、玄関でニッコリ笑いながら言った。「また遊んでちょうだいね」

「うん」

千晶は肯いて、「さよなら」

と、手を振った。

「さよなら。——あ、ちょっと待って」

と、ミヨちゃんのママはエプロンのポケットから、チョコレートを出して、「はい、これ。食べてね」

「ありがとう」

とは言ったものの、千晶にとっては、あんまりありがたくない、もらいものだった。千晶はよく鼻血を出すので、ママに、あんまりチョコレートは食べないように、と言われているのだ。

でも、人からもらった時に、いらない、と言うのは、「可愛《かわい》いげがない」と言われるんだということを、千晶は憶《おぼ》えていた。だから、ここは素直にお礼を言ってもらっておくことにしたのである。

今日は学校から帰ったら、ミヨちゃんと遊ぶ約束だった。それが、急にミヨちゃんのところは、家中で出かけることになって、遊べなくなってしまったのだ。

仕方ない。千晶は、家へ帰ることにした。

ミヨちゃんの家とは、ほんの二、三軒しか離れていない。千晶のママも、遠いお友だちの所ならもちろん一緒について来る。しかし、ミヨちゃんの所は、ほんの目と鼻の先で――。

そう、いくら千晶が小さくたって、わざわざついて行くほどの所じゃなかったのだ。少し、蒸し暑い日で、雨でも降って来そうな空だった。

千晶は、家の方へと、トコトコ歩いていた。

道には、こんな時間に珍しく、人通りもなくて……。静かだった。

シャンシャンシャン……。

鈴か何かの鳴るような音がした。何だろう？　千晶はキョロキョロと周りを見回して、その音のもとを見付けた。

たぶん電池か何かで動く、犬のオモチャだった。千晶が見たって、小さくて可愛い。それが、コトコト揺れながら歩いて行くと、首に下げた鈴が揺れて、シャンシャン、と音をたてるのだった。

可愛い……。どこに行くんだろう？

千晶は、その犬の方へ、少し身をかがめながら、ついて行った。犬は、鈴を鳴らしながら、家の間の細い露地へと入って行く。

そっちに行くと暗いよ。行き止りだよ……。

千晶は、止めてやりたかった。犬に教えてあげたかった。露地へ入っちゃだめ。そこは草が生えてて、石が一杯あって、転んじゃうよ。でも、当然犬は聞こえない様子で、相変らずシャンシャンと鈴を鳴らしながら、トコトコ歩いて行って——やっぱり、石につまずいて、コトッ、とこけてしまった。ジーッ、ジーッ、とモーターが空《むな》しく空回りしている。千晶は、犬を起こしてやろうとして、歩いて行き、手をのばした……。

「一人かい?」

——その男は言った。頭が禿《は》げて、いやに太っていた。ニコニコ笑っているのに、どうしてか、千晶には、そのおじさんが、笑っているとは思えなかったのだ……。

「お友だちはいないの?」

と、おじさんは、千晶の腕をつかんで言った。「じゃ、おじさんと遊ぼうか?」

千晶は、顔をしかめた。腕をつかまれて痛かったのだ。でも——声が出なかった。

「じゃ、こっちにおいで……。ね、何もしないから。大丈夫だからね」

千晶は、怖かった。怒っているわけでもない、このおじさんがどうして怖いのか、よく分らなかったけれど、ともかく怖かったのだ。

露地の奥へ千晶を引張って行くと、おじさんは、ほとんど息が顔にかかるくらいに近づいて、しゃがみ込むと、

「可愛いね……。みんな可愛いってほめるだろ？　頬《ほ》っぺたの柔らかそうなこと。

——お名前は何て言うんだい？」

千晶は、ガタガタ震えていた。——おじさんの方もそうだった。汗で顔が光っている。そして、息づかいが荒くなって、まるで、一杯走った後のようだった。

「すべすべして、きれいなあんよだね……。本当に柔らかい」

おじさんの手が、千晶の足を撫《な》で始めた。千晶は、気持が悪くてゾッとしたが、それでも動けなかった。おじさんのもう一方の手が、しっかりと千晶の肩を押えつけていたからだ。

「いい子だね……。じっとしてれば、何も怖いことなんかないんだよ……」

おじさんの顔が、真赤になって、汗がタラタラと顔からこぼれ落ちる。汗でべとついた手が、千晶の足を、上へ上へと這《は》って行った。

「——何してるんだ」

と、別の声がした。

千晶は、何が起こったのか、よく分らなかった。

怒鳴る声、叫ぶ声。そしてあの変なおじさんが、殴られて、ひっくり返った。石がはね飛ばされる。

そして——ママの声がした。

「千晶！」

バシッ、バシッ、という音がして、誰かが、あのおじさんをぶん殴っていた。

「子供に何をするんだ！　この野郎！」

と、怒鳴りながら殴っている。

そして、あのおじさんは、顔じゅう血だらけにして、地面に這いつくばりながら、

「悪かった……。勘弁してくれ！　──許してくれ」

と、両手で頭をかかえて、泣き出したのだ……。


「千晶！　──おい、千晶は！　大丈夫なのか？」

皆川が、青ざめて、玄関から駆け込んで来た。──千晶は、TVを見ていて、パパが凄い勢いで飛び込んで来たので、びっくりして目をみはった。

「千晶……」

皆川は、急に力が抜けたように、ソファにもたれかかって目を閉じた。

「あなた」

祐子が台所から出て来た。

「おい……。びっくりしたぞ。死ぬかと思った」

「もう大丈夫よ。犯人も捕まったし」

「そうか。——何て奴《やつ》だ！　絞め殺してやりたい」

「落ちついて、あなた。千晶が、却《かえ》って怯《おび》えるわ」

「分った」

皆川は、息をついて、台所へ行くと、椅子《いす》にかけて、「しかし……良かったな」

「ええ。さっき警察の方がみえて。もう何件も同じような事件を起こしてる男らしいって」

「そうか。全く……狂ってる！」

「お茶でも」

「うん。——すまん。会社で電話を聞いた時は、一瞬、目の前が暗くなった」

「用心しましょう。やっぱり、ある程度の年齢になるまでは、大人の目の届く所におかないと」

「全くだな」

皆川は肯いて、「そうだ。見付けて、その男を捕まえてくれた人は？　お礼に行かなきゃならんぞ」

「ええ。でも……」

と、祐子はためらった。

「どうしたんだ？」

「私もお礼を言おうと思ったんだけど……。何だか、そんなのは苦手だからって、いなくなってしまったの」

「じゃ——全然分らないのか」

「ええ」

「そりゃ困ったな。ご近所でもないのか」

「違うようよ。この辺で見かけたことない人だった。警察でも、知りたがってたけど」

「そうだろう。——いや、それじゃ調べようもないな。もし分ったら、ってことにしようか」

「そうね」

「——しかし、千晶にも、よく言っとかんとな。知らない人には気を付けるように」

「ええ」

皆川は、お茶を飲みながら、

「いやな世の中だな」

と、言った。

12　逃亡者

「こんにちは……」

玄関のドアは開いていた。

祐子は、そっと顔だけ入れて、もう一度、「圭子さん」

と、呼んでみた。

「——誰？」

のっそり出て来たのは、成田の方だった。

「あら」

「あ、どうも」

成田は、ランニングシャツとステテコという格好で、少し照れたように頭を下げた。

「圭子の奴、出かけて……。もう帰ると思うけど」

と、成田は言った。「上ってて下さい」

「ええ」

祐子が上ると、成田は、奥の方へ戻って行こうとした。祐子は、

「あの——」

と、声をかけた。「この間は、本当にありがとう。主人も喜んで――」

「たまたまですよ」

と、成田は、少し振り向き加減のままで、言った。

そう。千晶を助けてくれたのが、この成田だったのである。

「ご主人には、僕のことを――」

「話していません」

「それでいいんです」

と、成田は肯いた。「圭子にも言わないで下さい」

そう言って、成田は奥へ引込んでしまった。

祐子は、茶の間へ入って、勝手に座っていることにした。――日曜日である。母の見舞いに行っての帰り、ここへ回って来ていたのだ。

しばらくすると、成田が、Tシャツとジーパンという格好で現われた。

「お茶でもいれましょう」

「いいです」

と、祐子は、あわてて言った。「飲みたければ、自分でやりますから」

「そうですか。――ま、役に立たん男なもんで」

成田は珍しく、おどけた調子で言った。

「あの——」

と、祐子は、少し間を置いてから、言った。「この間、うちへおいでになったのは、

「何かご用があったからじゃないんですか」

「え……。まあ、大したことじゃないんですよ」

と、成田は首を振った。

「でも——あの時、お話もできなかったものですから」

「いや、子供とか、小さい動物とか、弱いものに手を出す奴ってのが許せないんです。カッとなってね。しかし、あいつを殺してしまわなくて良かった」

と、成田は苦笑した。「いくらあんな虫けらみたいな奴でも——そう言っちゃ、虫に悪いかな。でも、殺しゃ、ただじゃすみませんからね。警察は何か言ってましたか」

「全然知らない人だと言ってあります」

「そうですか」

「千晶にも訊《き》いてましたけど、あの子は、何も憶《おぼ》えていない様子で」

「忘れた方がいいですよ、あんなことは」

と、成田は言ってから、「——大人を見る度に、この人は変な人じゃないかしら、なんて思わなきゃいけないなんて、寂しい話ですからね」

成田自身のことを語っているようだった。――おそらくそうなのだろう。それは、逃亡生活の中で、人を見れば刑事ではないかと疑ってかかるようになる……。それは、辛《つら》いことに違いあるまい。

「玄関、いいんですか。鍵《かぎ》、かかってなかったけど」

と、祐子は訊いた。

「構やしませんよ」

「でも……」

「もし、警察がここを突き止めて来たのなら、鍵なんかかけたって、かけなくたって、同じことです」

それはそうかもしれない。しかし……。

「でも、圭子さんが可哀《かわい》そうですよ。あなたが捕まったら」

「ええ。でもね――今だって、可哀そうだからな、圭子の奴。どっちが可哀そうか、分りませんね。ホッとするかもしれない」

「そんなこと言っちゃ――」

「ええ、分ってます。ただね……」

成田は、少し間を置いて、「この間、お宅まで行ったのは、うかがいたいことがあったからなんですよ、奥さんに」

それが何だったか、祐子には見当がついた。

「――圭子に男がいるようだったので。でも、もういいんです」

「いい、って……」

「はっきり分ったので。一度、後をついて行ってみたんですよ。なかなか押出しのいい紳士だった」

「成田さん――」

「正直、ホッとしたんです」

と、成田は言った。「そりゃ、胸も痛みましたけどね。でも、あいつが、ただ僕のためだけに、ひたすら苦労してるなんて考えると、こっちも辛いですからね。――圭子も、少しは息抜きの場を持ってると分って、ホッとしたんです」

強がりのようではなかった。

祐子が黙っているので、成田は、

「ご存知だったんですか」

と、言った。

「この間……偶然見かけたんです。お勤め先の課長さんとか」

「そうですか。もっと偉そうに見えたけどな」

「とてもいい人だと言ってました、圭子さん。でも、決して……」

祐子が言いかけた時、玄関の方で、音がした。

「ただいま。――あら」

「お帰りなさい」

と、祐子が出て行くと、スーパーの袋をかかえた圭子が、

「まあ、奥さん！　すみません、留守しちゃって」

「いいえ。近くに来たんで、寄ってみただけなのよ」

「今すぐ――あなた、お茶ぐらいお出ししてよ」

「私が、いらないって言ったの。気にしないで」

「すぐお湯をわかしますから」

圭子は、あわてて台所へと駆けて行った……。


「ちょっと、気がかりなことがあるんです」

と、圭子が言った。

成田の家から帰る時、バス停まで、と送りに出て来た圭子が、歩きながら言ったのである。

祐子は、例の、杉田という課長との「浮気」のことかと思った。

「どんなこと？」

「主人の——元の仲間の一人が、捕まったんです」

と、圭子は言った。「この間、奥さんとお約束した通り、元の仲間の人に、私、電話を入れました」

「何だって、向うの人？」

「ええ、一応説明はしたんですけど、疑ってるみたいでした」

「疑ってる？」

「私たちが、警察に仲間についての情報を売ったんじゃないか、って」

「まさか！」

「やましいことがなければ、今どこにいるか言えるだろう、って、問い詰められましたけど、こっちにはこっちの事情がある、って言い返してやりました」

「色々大変なのね」

と、祐子は首を振った。「あなた方、まずいことにならないの？」

「私は大丈夫です。決して約束は破りませんから」

「でも……。何だか、助けるつもりが、却って危い目に遭わせたようね」

「どうってこと、ありませんわ」

と、圭子は微笑んだ。「みんな自分たちのことで手一杯ですもの。私たちの居場所を捜すような余裕、ありませんから」

「そう」

「奥さん……。私に何かご用じゃなかったんですか」

「そんなことないの。ただ、寄ってみただけよ」

と、祐子は言った。

成田が、千晶を助けてくれたことを、圭子に教えてやりたかったが、そうなると、成田が圭子と杉田の関係に気付いているのも分ってしまいかねない。

「——体の方は大丈夫なの？」

と、祐子は言った。「無理しないでね」

「ええ。——これから暑くなると、弱いんです。マイペースでやりますわ」

「そうね。あなた、貧血でも起こしそう」

「よくやるんです。フラーッとなって。——頼りない逃亡者」

と言って、圭子は笑った。

別に、何気なく言っただけなのだろうが、その圭子の言葉は、祐子の胸を打った。

自分の境遇を笑って話せるようになるには——圭子のような立場では——多くの時間と、苦労が必要だろう。

無事に、いつまでも逃げのびて。

——祐子は、心の中で、そう呟《つぶや》いていた。

13　夏の影

陽射《ひ》しはもう真夏。

いや、七月に入れば、梅雨はあけていなくても、「夏」と呼ばなくてはならないのかもしれない。

梅雨とは思えない、よく晴れた日が、これでもう三日も続いていた。皆川は、仕事の外出から戻るところで、上衣《うわぎ》を脱いで腕にかけて歩いていた。

四十にもなると、暑くても自然の風の方がいい、なんて言ってはいられなくなる。できるだけ冷房の効いた場所を通って来たのだが、それでも、会社までの十分ほどの道は、表を歩かなくてはならない。

帰社が、予定より三十分も遅れているのでのんびり歩くわけにもいかなかった。仕事の電話が、そろそろかかって来るころだ。この時間には必ず戻っているから、と言ってある。

少し遅れるかもしれないな、と腕時計を見ながら、思った。そしたら、道が混んで、とでも説明しよう。――こんな時には一番いい口実になる。

もちろん、実際には地下鉄を使っているのである。

やっと会社のビルまで来た。ロビーへ入れば、涼しいのだ。つい足も早まる。

「――皆川さん」

呼ばれて足を止める。振り向くと、髪を長くのばした、やせた男が立っていた。

皆川は、チラッと左右へ目をやった。

「――おい、困るよ」

と、低い声で言う。

「分ってます」

と、男は言った。「でも、どうしても話が――」

「会社に来られちゃ困る、と言ったじゃないか」

皆川は、そう言ってから、「まさか――社へ行ったのか？」

「電話したんです。外出だというので」

「誰だか言った？」

「親戚《しんせき》の者だと言いました」

「そうか」

皆川は、息をついた。

足を止めたせいか、汗が流れて来る。

「どうしても話が。急ぐんですよ」

と、男は言った。

何と言っても引きさがるまい、と皆川にも分った。――仕方ない。

「時間がないんだ。十分だけ」

「ええ」

「こっちへ」

皆川は、その男を促して、ビルの裏手へと回った。――駐車場があって、そこは人がめったに通らない。

「喫茶店なんかに入れば、会社の奴が必ずいるからね」

と、皆川は言った。「どうしたんだ?」

「成田のこと、何か分りませんか」

皆川は首を振った。

「気にはしてるんだけどね、僕の方じゃ捜しようがないじゃないか。成田の方から連絡して来ない限りは」

「本当に連絡ないんですか?」

と、男は言った。

皆川よりは三つ、四つ年下のはずだが、どこか不健康に疲れた感じで、老《ふ》けて見える。

「本当に、ってね」

皆川は、眉《まゆ》をひそめて、「僕が嘘《うそ》をついてるって言うのかい？」

男はそれには答えず、

「このところね、二人も捕まったんですよ、仲間が」

と、言った。

「そうか……。しかし、それが成田のせいとは――」

「もちろん証拠はありません」

と、男は言った。「しかしね、成田たちが姿を消して、その後に二人……。偶然ですかね」

言い方も声も平坦《へいたん》で、無表情だ。それが却って皆川にとっては重苦しいほどの圧迫感になった。

「僕に訊かれても分らないよ」

と、皆川は言った。「君らの苦労は分る。でも、僕には僕の生活があるんだ」

「成田は、あんたに連絡してるはずだ」

「はずだ、と言われても――」

「引越しの費用を、一体誰が出したというんです？」

「僕には分らないよ」

皆川は、相手がもはや自分を全く信じていないのだ、と悟った。

「いいですか、もし——」

「おい、君ね」

と、皆川は遮った。「初めから言ってあるはずだ、僕は成田の友だちだ。だから彼を助けていた。でも、向うは向うで、何かわけがあって、姿を消したんだ。その理由が何でも、僕には関係ない」

「そうはいえませんよ」

と、男は、じっと皆川をにらんでいる。

「どういう意味だい？」

「あなたは、僕らのことも知ってるんだ。そうでしょう」

「おい、君ね——」

「その気になれば、僕らを警察へ売ることだってできる」

皆川はムッとした。

「それなら、どうして君がそうしていられるんだ？　とっくに捕まってるはずだろうが！　僕はそんなことはしない！」

つい、カッとなっていた。あわてて、左右を見回す。——幸い、人影はなかった。

「いいか、僕は成田が逃げるのを助けていた。そんなことが知られたら、困った立場になるんだ。わざわざ、そんなまねをすると思うか？」

相手は、ホッと息をついた。

「――すみません」

と、あっさり謝る。「つい苛々してるもんでね。いや、ご迷惑かける気はないんですよ」

「そう願いたいね」

「ですが……」

と、男は皆川を見つめて、「もし、成田のせいで、仲間が捕まったのなら、他の連中が黙っていないでしょう」

「というと？」

「成田を捜しますよ。その時、あなたの所へも当然」

「それは困るよ！　そんなこと、されちゃ――」

車の音がした。皆川はハッとして口をつぐんだ。駐車場に車が入って来る。

「じゃ、これで」

と、男は早口に言って、立ち去って行く。

皆川は、呼び止める気にもなれなかった。しかし――もし本当に、成田の仲間たちがやって来たら……。

会社を知っているのだから、家だって分っているに違いないのだ。

「困ったな」

と、皆川は呟いた。

「――やあ、皆川さん」

車から降りて来たのは、顔見知りの銀行員だった。

「どうも」

皆川は、会社員の顔に戻った。「暑いですね、今日は……」

席に戻ると、案の定、約束の電話が二回もかかっていた。

「この時間には戻ってる、って言ってたぞって、ブツブツ言ってましたよ！」

と、隣の席の女の子が言った。

「すまんすまん。すぐかけるよ」

皆川は、汗を拭う暇もなく、電話へ手をのばした。

「あ、それから」

と、女の子が言った。「もう一件、電話がありました。ついさっき」

「誰から？」

「女の人です。でも、奥様じゃありませんでした」

「名前は？」

「おっしゃいません。何かご伝言は、って訊いたら、じゃ結構ですって」

「そう……。若い感じだった？」

「ええ、そうですね。もしかして。彼女ですか？」

「よせよ」

と、皆川は苦笑した。

成田圭子からだったのかもしれない、と皆川は思った。

もう少し早く戻れば良かったのだ……。

ともかく、仕事だ。

皆川は、ぬるくなったお茶を一口飲んでから、受話器を取り上げた。

14　転倒

皆川の所へ電話した「若い女」は、成田圭子ではなかった。

祐子の妹、丸山今日子だったのである。ちょうど、皆川の会社の近くまで出て来たので、いっちょ何かおごらせてやれ、と思ったのだった。

当ては外れたが、まあそれはそれで……。せっかく出かけて来たんだし、どこかに寄って帰ろう、とぶらついていた。

暑さも、今日子の若さにとってはそれほどの苦手ではない。

そうだ。——大学時代の友だちが、デパートに勤めている。ここから歩いて十分ぐらいだ。

ちょっと会って行こう。ついでに、地下で晩ご飯のおかずを買って帰ればいい。

目的地が定まると、今日子は、足早に歩き出した。こんな日は、ゆっくり歩けば却って疲れる。

早く、冷房の効いたデパートの中へ入った方がいいんだ。

皆川の会社のビルの前を通る。もちろん、うまい具合に出て来たりは……しないわね。

そのビルへ入ろうとした男が、少しためらって、戻りかけた。

「おっと」

「あ」

「すみません」

今日子とぶつかりそうになって、男は謝った。

「いえ」

別に、実際にぶつかったわけではないので、今日子は、ちょっと微笑んで、そのまま歩き出した。

その時、

「成田！」

と、呼ぶ声がした。

髪を長くした、やせた男が、今日子の方へと、小走りにやって来る。――何よ？

私、成田じゃないわよ。

今、ぶつかりそうになった男が、急に走り出した。

「おい！　成田、待て！」

――あのぶつかりそうになった人のことか。

でも、どうして逃げるんだろ？

その成田という男、人をかき分けて、走って行く。長髪の方はそれを追っかけて行った。

何事かと、通りかかった人はみんな目を丸くして見ていたが、その二人の姿が、たちまち見えなくなると、すぐに忘れてまた歩き出す。

都会の人間は忙しくて、そんなことにいつまでもかかずらってはいられないのである。

でも、何かしら、あの二人？　――多少、他の人よりも暇な今日子は、歩き出しながらも時々振り返っては、あの二人のことを気にしていた……。

「金田君」

と、圭子は呼ばれて、振り向いた。

課長の杉田が、歩いて来るところだ。

「――課長さん、何か?」

「ちょっと相談があるんだがな。今、手が離せないかね」

「この伝票だけ、チェックしてしまいたいんです」

「分った。じゃ、3番倉庫に来てくれるかい」

「はい。終ったら、すぐに」

圭子は、汗を拭《ぬぐ》って、荷物と伝票のチェックを続けた。

倉庫の中は、荷物のために空調してあるのだが、一歩外へ出れば、人間様は炎天下へ放り出される。

トラックのそばでのチェックは、暑さとの闘いだった。

汗で、手にしたボールペンが滑る。

「――いいかい?」

と、運転手が、やって来る。

チェックがすまないと、出られないのだ。

「――これで終り。はい、どうぞ」

「あんたは手早いんで助かるよ」

と、伝票を受け取って、運転手がニヤリと笑った。「今度、一杯やらないか」

「私は下戸ですの、残念でした」

と笑って、圭子は歩き出しながら、「気を付けて」

と、手を振った。

3番の倉庫へと歩きながら、ふとめまいを覚えて、立ち止った。

時々、こんなことがある。――冷房の入っている所と、暑い戸外を出たり入ったりしているせいかもしれない。

ともかく……少し目をつぶってじっとしていれば、すぐにおさまるのだ。

杉田は3番倉庫と言った。――圭子は、めまいが消えると、また歩き出した。

杉田が、倉庫のわきから見ている。目が合うと、杉田の姿は、倉庫の裏手の方へと消えた。

圭子は、ちょっと周囲へ目をやった。――どこから見られているか分らないのだ。

杉田は、積み重ねた空の段ボールの一つに腰をかけて待っていた。

「――やあ、すまんね」

「いいえ。でも、人目があります」

と、圭子は言った。

「分ってる。――かけないか」

圭子は落ちつかない気分で、杉田の隣に腰をおろした。

「何かお話が？」

「うん……。まずいことになった」

と、杉田は言って、圭子の手を取ると、そっとさするようにした。

「――奥さんが？」

「うん」

「分りました」

と、圭子は肯《うなず》いた。「ご迷惑はかけられません」

杉田は黙っている。圭子は、

「会社にいてもいいんでしょうか」

と、訊《き》いた。

「女房は――探偵《たんてい》社を使って、僕らのことを尾行させたらしい」

圭子は青ざめた。

「じゃ――」

「君のことも、調べた。身許《みもと》を偽っていることも知ってる」

圭子は、目を閉じた。

「――却って、君に悪いことをしたね」

「いえ、それより……」

圭子は、必死で自分を落ちつかせながら、「すぐに会社を辞めます。ですから、奥さんに、それきり忘れていただいてほしいんです！」

「しかし、君のことが心配だ」

「いいえ！　働き口は何とでもなります。でも――調べられるのが困るんです」

杉田は、息をついて、

「分かってる。――君がむずかしい事情をかかえていることはね。女房は、私が頼んだからといって、忘れてくれるような女じゃない」

「じゃ、ともかく……今日限りで、辞めさせていただきます」

と、圭子は立ち上った。

「今日って……。しかしね、行くところがあるのかい？」

「お世話になって、ありがたかったと思っています。でも、一刻もゆっくりしてはいられないんです。奥さんに電話して下さい」

「女房に？」

「あの女は会社を辞めた、と。もうそれ以上調べる必要はないって。お願いです！」

もし、夫のことが知れたら。——圭子はそれが恐ろしかった。警察へ通報されるかもしれない。

いや、もう通報されているかも……。

「私、帰ります。課長さん、お願いですから、電話を」

「分った。かけるよ」

「きっと、お願いします」

圭子は、急いで歩き出した。倉庫のかげから、ほとんど走るように飛び出したのだ。

大型トラックが、目の前に出て来た。

ブレーキが鳴る。圭子は、熱いコンクリートの上に転った。

「——はいはい」

祐子は、買物から戻って、一息ついたところだった。電話が鳴り出して、急いで駆けつける。

「——はい、皆川です」

「あの——突然で恐縮です」

と、男の声が言った。

「は?」

「ええと……私は、杉田といいます。金田君の上司で――」

祐子は、少しポカンとしていたが、やっと分った。

「ああ、あの――圭子さんの上司の方」

「良かった！　従姉の方ですね、いつかそば屋でお目にかかった」

「ええ、そうですけど……」

「彼女のバッグに、そちらの電話番号のメモしかなかったもので。ともかくかけてみようと――」

「あの、圭子さんに何か？」

「トラックに接触して倒れたんです」

「ええ？　はねられたんですか」

「いや、けがするほどではなかったんです。しかし、失神して、救急車で運んだんですが、どうも意識が……。自宅といっても、電話も分らないもので」

「あの――病院は？」

祐子は、急いでメモを取った。

もう千晶の帰る時間だ。――どうしよう？

祐子は、時計に目をやった。

15　入院

「ツイてないんだわ、今日は」

と、今日子は呟いた。

皆川の会社へ電話すれば留守。友だちの働いているデパートへ寄ってみれば、何と、

「あの子、今、ハネムーンに行ってるのよ」

との話。

寝耳に水の今日子としては、全くもって面白くない。

つい二、三か月前に会った時には、

「男なんてこりごりよ」

と、恋人のグチを散々聞かされ、「今日子、よく結婚なんかしてられるわねえ」

なんてことまで言っていたのに。

すっかり頭に来た今日子は、地下の食料品売場に寄って、夕食のおかずを買って行くのも忘れて地下鉄に乗ってしまったのだった……。

ま、この点は今日子自身のせいだから仕方ないとしても、今日子としては、何としてもこのままじゃ帰れない（？）という気持になったのも、無理からぬところである。

こうなったら、残るはただ一か所。

——というわけで、今日子は姉の所へ電話をかけたのだが……。

「もしもし、お姉ちゃん？」

「今日子。あんたなの」

「え？　誰かの電話を待ってるの？」

「いえ、そうじゃないけど……。何か用事なの？」

祐子の言い方は、いつになく落ちつかない。

「そういうわけでも……。旦那《だんな》さんの所に寄ったら、留守でさ。出かけて来たから、ついでに、と思って」

「そう。あのね、今から急いで出かけなきゃいけないの。でも、千晶が帰らなくて、どうしようかと思ってたのよ」

「ふーん。急用なんだ」

「知ってる人が倒れてね、入院したの」

「へえ」

と、今日子は言った。「じゃ、私、行ったげようか、そっちに。千晶ちゃん、みててあげる」

「そうしてくれる？」

と、言ってから、「ね、今日子、今、どこからかけてるの？」

「新宿駅だよ」

「そう！　病院がね、そこのすぐ近くなの」

「この近く？」

少し、祐子は考えている様子だった。

「――今日子、悪いけど、病院へ行ってくれる？」

「私が？」

「千晶が帰るのを待っていたいの。あんなこともあったし」

千晶が変質者にいたずらされかかったことを言っているのだ。姉のその気持は、今日子にもよく分った。

「いいけど……。お姉ちゃん、どうするの？」

「千晶が帰ったら、一緒に行くわ、病院に」

「連れて？　じゃ、私はお姉ちゃんが来るまで病院にいればいいのね」

「そう。――構わない？」

「うん、一向に。病院は？」

病院の名前を聞いただけで、今日子には分った。前に友だちを見舞いに行ったことがあったのだ。

そうだ。他ならぬ今日会いそこなった、デパートの友人である。

ま、何となく縁はあったとみえる。

「名前は？」

「成田圭子。あ、金田圭子って名で入ってると思うわ」

名前を変えて？　――何だか「わけあり」で、面白そう。

今日子の好奇心が刺激された。

「――じゃ、行って待ってるよ」

「そうして。必要なら入院の手続きをするから。私が行って、お医者さんと話すから
ね」

「了解」

金田圭子ね。――電話を切って、病院の方へ急ぎ足で歩き出しながら、今日子は首
をかしげていた。

金田圭子だか成田圭子だか……。ともかく、そんな名前を、姉から聞いたことがな
かったからだ。

どういう知り合いなんだろう？

今日子は、あまり暑さも気にせずに、足を早めていた。

「──ご家族ですか？」

と、医者にいきなり訊かれて、今日子は戸惑った。

「は？」

「金田圭子さん──でしたね」

と、口ひげがあんまりよく似合っていないその医者はカルテを眺《なが》めて、「あなたはこの患者さんの……」

「ええ、あの……」

どう説明したもんだろう？　今日子としては、姉が来ますから、と言いたかったのだが、

「知人です」

と、言っておくことにした。

名前だけは知っているから、嘘でもあるまい。

「そうですか」

医者は大して気にもしていない様子で、「まあ、大したことはありません。トラックに接触したといっても、打ち身ていどで」

トラックに？　初耳の今日子は、びっくりした。

「意識が戻らないので気になるんですがねえ」

と、医者は首をかしげた。「過労気味なのは確かです。あの炎天下ですからな」

「はあ」

「日射病とか、軽い脱水症状、精神的ショックが重なった、ってとこでしょうか。

――一応、点滴してますから、その内には、意識も戻るでしょう」

「ありがとうございます」

何だかよく分らないが、礼を言っておくことにした。

「ご主人に連絡はつきませんか」

と、医者は言った。

「さあ……」

大体、結婚してるってことも、今知ったのだ。

「少し意見してやりたいな」

と、医者は眉を寄せて、「妊娠しているのに、きつい仕事をさせちゃいけませんよ」

「妊娠してるんですか」

と、訊いたのが、何だか間が抜けているようだった……。

「初期だから、当人も気付いていなかったのかもしれませんね」

医者は肯いて、「まだ不安定な時期だから、このまま働いてたら、流産したかもしれない。その意味じゃ、まあ倒れて良かった――良かった、ってのも変だけどね、うん」

一人で話しかけて一人で納得するというタイプの人らしい。

今日子は、ちょっと興味が湧《わ》いて、

「会っても構いませんか？」

と、病室のドアを見た。

「いいけど、無理に起こさないで下さい」

当り前でしょ、と言いたいのを、何とかこらえる。

今日子は、病室のドアをそっと開けた。

六人部屋の一番奥に、金田――いや金田か成田か知らないが――圭子は寝ていた。

腕がむき出しにされて、点滴の針がテープでとめてある。

今日子はあわてて目をそらした。注射とか手術とかに至って弱いのである。

顔は少し青白かったが、まだ若くて、整った容貌《ようぼう》だ。

年代からいっても、姉の祐子とどういう知り合いか、見当がつかなかった。

圭子が、少し頭を左右へ振った。――目を覚ましたのかと思ったが、そうではないようだ。

「電話……」

と、圭子が呟《つぶや》いた。

え？――今日子が顔を寄せる。

「電話を……早く……」

うわごとだ。

電話を、どこへかけてくれというんだろう？

しかし、それきりまた、圭子は少し荒く息をするだけになった。

ドアが開く音に振り向くと、

「ごめん、遅くなって」

祐子が、千晶の手を引いて、顔を出し、「ここにいて」

と、千晶を廊下に置いて、やって来た。

「――お医者さんは？」

「今、話したよ」

と、今日子は言った。「大したことない、って」

「そう」

祐子は息をついた。「駆けて来たら、暑いわ」

汗が額から流れ落ちている。

「過労だって。それと、妊娠してるせいもあるだろうって」

祐子が、目をみはって、

「確かなの？」

「初期だから、本人も知らないかも、って。——この人、どういう人？」

祐子は、ゆっくり首を振って、

「えらいことになったわ」

と、呟いた……。

16　手のぬくもり

「また、ドラマチックな人ね！」

今日子の反応は、祐子にも大体予想がついていた。

「お願いよ。うちの人には絶対内緒」

「うん、分ってる」

こうなっては仕方ないので、祐子は、妹に事情を打ち明けてしまった。

病院の近くのレストラン。空いているので千晶を隣のテーブルに座らせ、甘いものを食べさせておいて、今日子にざっと事情を説明したのである。

「悲劇のヒロインね！　逃亡生活の中で、愛する人の子を身ごもる、か。——話にはなるけど、厄介《やっかい》ね」

「そうね……」

　堕《お》ろさなければならないかもしれない、と祐子は思った。

「成田っていうのが本当の名前ね？　その亭主に連絡しなくていいの？」

「電話がないのよ。電報でも打つしかないわ」

「遠いの、家」

「遠くはないわ」

「私、行ってあげようか」

　今日子がアッサリと言った。

　祐子はためらった。千晶もいることだし、今日子に頼めれば、それに越したことはないのだ。

　じゃ頼むわ、と言いかけて、祐子は思い直した。今日子をこの一件に巻き込んではいけない。

「いいわ」

　と、祐子は言った。「私、知らせて来る。今日子、悪いけど、千晶を連れて家に帰っててくれる？」

「それでもいいけど……。でも、私はどっちでも構わないのよ」

「成田は警察に追われてるのよ。あんたまでとばっちりを食ったら――」

「成田？」

と、今日子は突然声を上げた。「成田？──そうだ。どこかで聞いたと思ったんだ、その名前」

「何よ、急に？」

「お宅の旦那さんの会社の前でね――」

今日子は、誰かとぶつかりそうになった時、その男を別の男が「成田」と呼んで、追っかけて行ったことを、思い出したのである。

――話を聞いて、

「その人よ、きっと」

と、祐子は肯いた。「約束したのに。うちの人には近付かない、って」

「追っかけてたのは、刑事かしら？　そんな風にも見えなかったけど」

「分らないわ」

祐子は決心していた。――やはり自分が、成田に会わなくてはならない。

夫にはうまく言いわけするように今日子へ言い含めて、千晶と一緒に先に帰すと、祐子は病院へ戻った。

「――奥さん」

圭子は、ベッドで目を覚ましていて、祐子を見ると、息をついた。

「どう？　あの杉田って人から電話をもらったのよ」

と、祐子はベッドの傍の小さな椅子《いす》に腰をかけた。

「良かった！　――心細くて」

と、圭子は涙ぐんでいる。

「ごめんなさい。ちょっと妹が来てたので、外へ出てたの。――心配しないで休むのよ。過労ですって」

「奥さん」

と、圭子が少し声をひそめる。

六人部屋である。大きな声では話せない。

圭子は杉田の話をくり返して、

「もしかすると、あの人のことも分っているかも……」

「そうね。でも、そこまでするかしら？　ともかく、あなたはじっと寝ていて。これから行って来るから」

「すみません……」

と、圭子が目を伏せて、「ご迷惑ばっかりおかけして」

「ほら、それがいけないのよ。――お腹の赤ちゃんにもね」

できるだけあっさりと言ったが、圭子はサッと青ざめた。

「本当ですか」

祐子が黙って肯く。

圭子は、天井《てんじょう》を仰いで、息を吐き出した。

「気付かなかったのね」

「ええ……。このところ、ずっと体調がおかしくて……」

「どうするか、ゆっくり考えて」

祐子は、圭子の手を軽く握ってやった。「まだ、初期だっていうから。でも、産《う》むのなら、今、大事にしないとね」

圭子は、キュッと目をつぶった。現実を見つめるのが怖い、とでもいうように。

「――どうかしたの」

「あの人……きっと気付いてます」

「え？」

「杉田さんとのこと。――きっと、知っています」

「そう……かもしれないわね」

「自分の子だと信じませんわ、きっと」

祐子はそう言われてハッとした。――杉田の子かもしれない。そこを、考えなかったのである。

「どうなの、可能性としては——」

「あの人の子です」

と、圭子は即座に言った。「杉田さんとの時は用心していました。でも——あの人は——」

「そんなこと、気をつかいそうもないものね、あの人」

「いいえ」

と、圭子は首を振った。「私の方も……」

「それじゃ——」

「こうなってもいいと思っていたんです」

圭子の顔は、まだ青白いが、しかし、はっきりとした意志の力を感じさせた。

「そう……。じゃ、ゆっくり話してみるのね。ともかく行って来るから」

「お願いします」

ギュッと祐子の手を握り返して来る、圭子の手の力と温かさは、祐子の胸を熱くした。

——家は、薄暗かった。

いないのかしら？　祐子は、玄関の前を、一旦《いったん》素通りした。

もし、警察が張り込んだりしていたら、と思ったのである。

今日子が見た、成田を追って行った男というのが、もし刑事だったとしたら、成田は逮捕されているかもしれない。

充分に用心して、祐子は、ゆっくりと家の前まで戻って来た。

玄関の戸を、軽く叩《たた》く。

「――成田さん。――成田さん、いる?」

呼んでみると、家の中で、何かコトッと物音がした。

「いるの?」

と、もう一度声をかけると、黒い人影がスッと出て来た。

「皆川さんですか」

「そう」

戸が開いた。

「――暗いから、いないのかと思ったわ」

と、中へ入って、祐子は言った。

「すみません」

と、成田は言って、明りを点《つ》けた。「いや、町でバッタリ、昔の仲間に出くわしましてね。何とか逃げたんですが……。後を尾《つ》けて来てるかもしれないと思って」

「あのね、圭子さんが倒れたの」

成田は、ちょっとポカンとしていたが、

「どうしたんです？」

「仕事場で、トラックに接触して、そのショックで。それは大したことないけど、過労がたたったのよ」

「そうですか……」

「会社を辞めた、って。それに、彼女、お腹に赤ちゃんが……」

成田は、一度に色んなことを聞かされて、却《かえ》ってびっくりしない様子だった。

「あいつ……。そんなこと、何も言ってなかった」

「本人も知らなかったのよ」

成田は、ため息をつくと、

「堕ろすのに、金がいるな」

と、言った。

祐子は、その言い方に、腹が立って、文句を言おうとした。

その時、玄関に、

「ごめん下さい」

と、声がして、二人はハッと息を呑《の》んだ……。

17　反応

成田も祐子も、すぐには返事ができなかった。

「——誰か来る予定は？」

と、祐子は低い声で言った。

「いや、ありません」

成田は緊張した顔で言った。いや、怯《おび》えている、と言った方が正しいだろう。

「失礼します」

玄関の方で、声がする。「——いらっしゃいませんか」

出ないわけにはいかない。明りが点いていて、玄関も開いていたのだから。

問題は、どちらが出るか、である。

祐子は成田を見て、とてもこの男は出て行きそうもない、と思った。青ざめて、震えている。

仕方ない。祐子は立ち上って、

「私が出るわ」

と、言った。「静かにしてて」

もし、やって来たのが刑事だったら？　祐子も一緒に捕まってしまうだろう。

しかし、今は出て行くしかない。

「はい、どなた？」

と、声をかけて、さりげなく、「お待たせして……」

「あ、どうも」

何だか作業服みたいなものを着た男が、箱をかかえて立っている。

「ごめんなさい。ちょっと手が離せなくて。何ですか？」

「いや、お届け物なんですけどね。お向いの家、お留守なんで、預かっていただけないかと思って」

「ええ、いいですよ」

祐子は笑い出しそうになってしまった。

「いや、助かった。すみませんね。これを渡せば、今日の仕事は終りなんで。――じゃ、ここにサインでも何でも結構ですけど」

「はいはい」

祐子は、伝票に、ちょっと考えてから、〈金田〉と書いて渡した。「ご苦労さま」

「昼間も来たんですが、やっぱり留守でね。――じゃ、ありがとうございました」

「お世話様」

祐子は、その配達人が帰って行くと、玄関の鍵《かぎ》をかけた。

荷物を上り口に置いて、

「――何でもなかったわ。ドキドキして損しちゃった」

と、奥へ戻って行ったが……。「あら。成田さん？」

成田の姿が見えない。

「成田さん。――どこ？」

キョロキョロ見回していると、庭へ出るガラス戸がガタゴトいいながら開いて、

「帰りましたか」

と、成田が顔を出した。

「ええ。ただの配達の人よ。――どうしたの？」

成田は、顔や手を真黒にしている。

「床下に隠れてたんです」

と、息をついた。「本当に配達人でしたか？　刑事が変装してることもありますからね」

祐子は、ちょっと呆《あき》れて、

「本物だと思うけど……。そんなことまで、私には分らないわよ」

「そうですね。すみません」

まだ顔から血の気が失せている。

洗面所へ行って、成田は顔と手を洗って、戻って来た。タオルで顔を拭《ふ》きながら、

「すみません、どうも」

何に謝っているつもりなのか、よく分らない言い方だった。

「しっかりしてよ。圭子さんが倒れちゃったんだから」

「ええ……。全く――」

成田は、ドタッと座り込んで、「我ながら情ないと思いますよ」

と、ため息をついた。

「いつ刑事がやって来るか、と……。覚悟は決めてるつもりなんですがね。刑務所でのことを思い出して、またあそこへ逆戻りするのかと思うと……。怖いんです」

祐子も、そう言われると、怒ってばかりもいられない。

「気持は分るけどね」

と、座り込んで、「でも、圭子さんは、ぎりぎりまで一生懸命やったのよ。あなたも、それに応《こた》えてあげなくちゃ」

「分ってます」

無理な注文なのかもしれない、と祐子は思った。何といっても、祐子は成田の身になってみることはできないのだから。

刑務所での暮し、追われる生活。神経をすり減らす日々に疲れていることは、理解できるとしても……。

「そういえば、今日、主人の会社まで行ったんですって？」

祐子の言葉に、成田はびっくりしたように目を見開いて、

「どうして知ってるんです？」

「たまたま私の妹がね、主人の会社の辺りへ行ったのよ」

祐子の説明に、成田は少しホッとしたように、

「そうですか。いや、どこで誰に見られてるか分らないもんだな」

と、苦笑した。「あのぶつかりかけた女の子が、奥さんの妹さんでしたか……」

「主人には会わない、って約束だったでしょう」

「すみません」

と、成田はあっさり謝った。「つい、話し相手がほしくなりましてね。ともかく、ここにいて、誰とも話をしないでいると、どうかなってしまいそうです」

祐子は黙っていた。——何か言いたくても、成田を叱《しか》りつけるわけにはいかないのだから、同じことだ。

「あのね、ともかく、圭子さんに会いに行ってよ。入院して心細い思いしてるわ」

「そうですね」

「これからの生活のこととか、色々あるけど、それは私も考えるわ。圭子さんと相談してね」

「でも入院の費用は……」

「それは私が何とかしますから、大丈夫」

「すみません」

祐子は、少しためらってから、

「でも、圭子さんに会う時、はっきりさせておかなきゃいけないことがあるわ」

と、言った。

「何ですか」

「お腹の赤ちゃんのこと。――圭子さんは産《う》みたいようよ」

成田が、意外そうに、

「本当ですか？」

と、訊《き》いた。

「ええ。女は子供ができると強くなるのよ」

成田は、フッと笑った。何だかいやに明るい笑いで、

「あれ以上強くなるのかな」

「何を恩知らずなこと、言って」

と、祐子も一緒に笑った。

「いや、圭子が産みたくないだろうと思ったんですよ。僕の子なんて、いやがるだろうって」

「あら、そう」

祐子は、成田が、圭子のお腹の子を、自分の子と信じて疑っていない様子に、少し気が楽になった。

「そうか……。いや、できそうかな、って気はしてたんです」

「絶対にあなたの子だって」

祐子の言葉に、成田はポカンとしていたが、

「ああ、分りました。例の男のことですね。——いや、そういう点、あいつはしっかりしてるから。この前、大丈夫かな、と思ったんですけど、あいつ、今は絶対安全だから、って……。いつもの圭子らしくなかったけど、きっと作ってもいいと思ってたんでしょうね……」

「何よ」

と、祐子は少し照れて、「おのろけは、暇な時にしてちょうだい。ともかく、圭子さんと話し合ってね。もし、産む気なら、それなりの用意もいるでしょう」

「分りました」

成田は、いやに浮き浮きしている。「僕の子か。――ね、どっちですって？」

「何が？」

「男ですか女ですか」

「初期なのよ、まだ。そんなこと、分りっこないじゃないの」

と、呆れて言った。

「そんなもんですか。不便ですね」

「ともかく、病院の地図を書くわ」

と、祐子は言った。「メガネをかけるとかして、行った方がいいわね」

「ええ、そうします。――すっぱいものを欲しがってましたか？　レモンでも買って行こうかな」

祐子は、成田のはしゃぎように、すっかり面食らってしまった。

いや――おそらく、成田は圭子からも愛されていないのではないか、と不安だったのだろう。ただ、圭子が同情だけで自分について来てくれているのだ、と……。

しかし、圭子が望んで妊娠したことで、成田は愛されていることを信じられたのだ。

だからこんなにも陽気になってしまったのである。

そんな成田を苦笑して眺《なが》めながら、祐子は次第に腹立たしさが消えて行くのを感じていた……。

18 真心

「あ、お姉ちゃん!」

と、今日子が手を振って声を上げた。

祐子は、ホテルのラウンジへ急いで入って行くと、

「大声出さないのよ」

と、叱った。

「普通の声よ」

と、今日子は言い返す。

「丸山君は?」

「うん。何だか友だちと会って、十分くらい遅れるかもって」

「そう。——あ、紅茶下さい。ミルクね」

と、祐子は注文した。「暑いけど、中はクーラーが効いてるから、熱いもんの方がいいわ」

「私、アイスクリーム食べた」

もう空の器が、今日子の前にある。

「――丸山君に話してくれた？」

と、祐子は水を一口飲んで、言った。

「うん。大した仕事はないけどね、って言ってた」

「悪いわね」

「ちゃんと説明してあるから」

「なあに。じゃ、みんなしゃべっちゃったの？」

「いいじゃない。大丈夫よ、うちの亭主は」

「変に巻き込まれたら気の毒だと思って……。いざって時は、何も知らなかった、ってことにするのよ。分った？」

「うん。とぼけるの、あの人は得意だから」

今日子にとっては、成田のために仕事を捜してやるのは、ちょっとしたスリルを味わうゲームみたいなものなのである。

圭子が入院して、一週間たった。

――夏らしい日が続いて、このところ、早くも海は混んでいるらしい。

貧血が少しひどいということで、あと一週間くらいは入院した方が、と言われていたのだが、圭子は、すっかり元気だった。何といっても、成田が、妊娠を喜んでくれたことが何よりのエネルギーになったらしい。

検査の結果も、特に異常はなく、圭子は早く退院して、新しい仕事を見付けたがっている。

「——好きな男のためでも、いやねえ、私なら」

と、今日子は言った。「大きなお腹かかえて仕事なんて」

「人さまざまよ」

と、祐子は言った。

成田も、やはり圭子にきつい仕事はさせられない、ということで、何か自分にできることはないかと祐子に相談して来たのだ。

勤めに出る、というわけにはいかないので、難しい。——今日子が、夫の丸山に話して、事務の英文の書類や手紙類の翻訳という仕事の口を見付けて来た。

これなら、郵便のやりとりで済むし、家の中で辞書さえあればできるのだから、成田向きだろう。

話をすると、成田もぜひやりたい、という返事で、話はトントン拍子に運んだのだった。

「——ま、災い転じて福となす、ってやつよね」

と、祐子は紅茶を飲みながら、言った。「一時は、どうなるかと思った」

「圭子さんに、今日は会って来たの？」

と、今日子が訊いた。

「この後、寄ろうかと思って。——他にちょっとね」

と、祐子は、ラウンジを見回した。

「誰かと待ち合せ、お姉ちゃん？　——彼氏？」

「何であんたのいる所に彼氏を連れて来るのよ」

と、祐子は笑って、「そうじゃなくてね……」

「——いや、どうも」

と、聞き憶《おぼ》えのある声がした。

振り向くと、あの圭子の上司だった杉田が、どうやら、仕事の話らしく、男四、五人でゾロゾロとラウンジへ入って来る。

「この間、ここで、佐々木《ささき》さんにバッタリお会いしましてね」

としゃべりながら、祐子のテーブルのわきを通ろうとして——。「おっと！」

祐子の水のコップを倒してしまった。

「いや、こりゃ失礼！」

「あ——いえ、大丈夫ですよ」

と、祐子は立ち上って言った。

「いや、スカートが……。どうも申し訳ない。あ、みなさん、お先に席の方へ。すぐ参りますから」

と、他の男たちを先にやっておいて、「——奥さん」

「圭子さんは、大丈夫です」

と、低い声で言った。

「そうですか。良かった」

と、杉田はホッと息をついた。「家内の方のことも、心配ないと伝えて下さい。今度ヨーロッパへ行くので、その仕度で夢中ですから」

「分りました。圭子さん、お腹に赤ちゃんが——」

「え？」

「ご心配なく。ご主人のですから」

「そうですか。いや、そりゃ良かった」

「本人も張り切っていて元気です」

「——これを」

杉田は、素早く封筒を祐子の手に握らせた。

「杉田さん……」

「家内に内緒で工面できるのはこれぐらいです。彼女に、幸せに、と言って下さい。——どうも失礼しました」

と、大きな声で頭を下げ、杉田は、連れの男たちの方へと急いで行ってしまった……。

「――あ、どうも」

祐子は、ラウンジのウエイトレスが来て、こぼれた水をふいてくれたので、礼を言った。

「あれが、圭子さんの？」

「そう」

そっと封筒を覗《のぞ》くと、一万円札が二十枚か三十枚か……。

杉田としては、精一杯の罪滅ぼしのつもりだろう。金額の問題でなく、祐子は杉田の気持が嬉《うれ》しかった。

「助かった。入院費用にあてられるわ」

と、祐子は言った。

「あ、来た。――勝ちゃん」

今日子の夫、丸山勝裕が、相変らず、のんびりした足取りで、やって来た。

「どうも、ごぶさたしてます」

と、丸山は、祐子に馬鹿《ばか》丁寧に頭を下げた……。

「──だから、安心して入院しててね」

と、祐子は言った。

病院のロビーで、圭子はいささか古ぼけたガウンを着て、座っていた。

「杉田さんが……。そうですか」

「ご主人の仕事も、まずためしに、っていうのでもらって来たから。──これで、うまくやれりゃ、引き続いてやれると思うわ。あなた、一人で苦労をしょって来たんだから、少し楽しなきゃ」

「いいえ」

と、圭子は首を振った。「皆川さんや奥さんや、それに妹さん、杉田さん……。みなさんのおかげです。私、もし主人と一緒に捕まって、刑務所へ入ることになっても──」

「ちょっと、縁起でもない」

「いいえ、もしもです。──決して後悔しませんわ。こんなにすばらしい方たちと出会えただけで……」

「それはね」

と、祐子は圭子の手を軽く握って、「あなたがいい人だからよ」

圭子が微笑《ほほえ》んだと思うと、涙がポロッと頬《ほお》を伝った。

「あらあら。湿っぽいのは、赤ちゃんによくないわよ」

祐子は立ち上って、「じゃ、また来るわ、ゆっくり体を休めて。働くのを焦《あせ》っちゃだめよ」

「はい」

圭子は、一緒に病室の方へ歩きながら、「何もかもうまく行って……。幸せすぎて、嘘みたいだわ」

と、言った。

幸せ。——はた目には、逃亡生活を送る圭子が、幸せであるはずもないように思えるが、しかし、そんなものに、はっきりした基準があるわけでもない。

圭子の表情は、正に輝いていて、まぶしいほどだった。

祐子は、何か悪いことが起こらなきゃいいけど、と思っていた。——せめて、もうしばらくは……。

19　客

「あら、奥さん」

店のレジで、圭子が微笑んだ。

「どうしてるかと思って。——仕事中にごめんなさいね」

と、祐子は言って、プラスチックのカゴを、レジに置いた。「じゃ、これ、お願いします」

「いらっしゃいませ」

圭子は、わざとていねいに言って、レジを打った。

「へえ、すっかりベテランね」

と、祐子は、キーを押す圭子の指の動きのなめらかなのにびっくりした。

「そんなことありません」

と、圭子は笑って、「ただ、英文タイプが打てますから、私。少しは憶えるのも早いのかも」

「あんまり無理しないのよ」

「ええ。——三千二百十円です」

祐子は財布からお金を出しながら、

「どう、赤ちゃんの方は？」

「順調です。このところつわりもないし」

圭子は、すっかり落ちついた様子で、一時の、神経質になって疲れていた印象はなかった。

「よかったわね。──彼も元気？」

「ええ、ずいぶん翻訳のお仕事もふえて来て……。このところ、『俺は語学の天才だったんだ』って、自分で感動してますわ」

祐子は笑った。

「──あ、袋に詰めるのは、自分でやるからいいわよ」

「いいえ、今は暇な時間ですから」

圭子は、大きな紙袋に、品物を入れ始めた。

──もう、八月の半ば。夏は真盛りだった。

圭子は退院して間もなく、このコンビニのレジの仕事を見付けた。時間が割合自由に選べるのと、働く人間が多くないことで、圭子にとっても安全な仕事と言えたのである。

成田は、圭子が妊娠したと知ってから、人が変ったように明るくなり、今日子の夫から紹介された手紙類の翻訳の仕事を、結構楽しんでやっているようだった。

祐子としても、ホッとして、成田と圭子の二人を見守っていれば良かったのである。

「私ね」

と、祐子は言った。「あさってから、主人と千晶と三人で旅行に出るの」

「まあ、すてきですね」

「旅行ったって、大して遠くへ行くわけじゃないのよ」

と、祐子は首を振って、「ただ、どこかへ連れてかないと、千晶がうるさくって」

「そりゃそうですよ」

「四泊五日だから、来週早々には帰ってるわ」

「分りました。ご心配はいりませんわ」

「もし、急な用事でもあれば……」

と、祐子はためらって、「でもねえ——ずっと主人が一緒だし」

「大丈夫です。うまくやってますから」

「そうね。——もし、本当に緊急のことがあれば、妹の所へ連絡して。何とかしてくれると思うわ」

もちろん、何もないだろうが、しかし……。

成田が警察から追われ、また元の仲間たちからも捜されているという事情は、少しも変っていないのだから。

「いいえ」

と、圭子はきっぱりと首を振って、言った。「妹さんのご夫婦にまで、ご迷惑はかけられません。何かあれば、自分で解決しますから、ご心配なく」

圭子の、そのけじめのはっきりしたところが、祐子も気に入っているのだ。

「分ったわ」

祐子は、圭子の手を取って、「ま、神様もしばらくはあなたたちにお休みを下さるでしょう」

と、言った。

他の客が来て、話は中断した。

「じゃ、また」

「行ってらっしゃい」

圭子は、楽しげに言って、店を出る祐子へと手を振った……。

圭子の楽しげな様子は、演技ではなかった。本当に、充実した毎日だったのである。

冷静に考えれば、妊娠したことで、却って逃亡するには不便になったとも言える。

しかし、何といっても、成田の態度がガラッと変ったことが、圭子を力付けたのである。

圭子は、時々、自分が却って成田の邪魔になっているのではないか、という思いに悩まされて来た。

危険を承知で、あえて妊娠したのは、成田の気持を確かめるという目的も――無意識の内に、だが――あったのかもしれない。

しかし、今、成田は昔のように、昔、圭子と知り合い、恋に落ちたころのように、明るくなっている。

圭子は、ともかくこの日々を一日でも長く続けたい、と思っていたのである。

「——いらっしゃいませ」

と、圭子は次の客のカゴを手元に引き寄せた。

カゴは空だった。

「お客様——」

戸惑って顔を見ると——圭子の体は凍りついた。

「やあ」

と、その男は言った。「ちょっと話があるんだ」

次の客がやって来た。

「後で」

と、圭子は言った。

「待ってるぞ」

男は、出て行った。

圭子は、めまいがして、フラッとよろけた。

「大丈夫？」

客の主婦が、びっくりして言った。

「——すみません。失礼しました」

圭子は、必死で自分を取り戻した。

レジを打つ指先に、注意を集中した。——余計なことは考えまい、としたのだ。

客が途切れると、圭子は、エプロンを外して、

「ちょっと、レジお願い」

と、一緒に働いている女の子に声をかけて、店から外へ出た。

冷房の効いた店から出ると、暑さが痛いように肌《はだ》を刺した。

男は、すじ向いのハンバーガーショップにいた。

カウンター式のテーブルに、圭子は、その男と並んで腰をかける。

しばらく、どっちも口をきかなかった。

「——捜したぜ」

と、男が言った。

「事情があって」

と、圭子は目を伏せたまま言った。

「そりゃ勝手だけどさ。誤解されるようなことはしない方がいいぜ」

「何も私たち——」

「何かした、とは言ってないよ」

男が遮《さえぎ》った。「だがな、仲間の中にゃ、成田が裏切った、と思い込んでるのもいるんだ」

「そんなこと、しません」

「だろうとは思うよ。しかし、疑われても仕方ないな」

圭子は、深く呼吸して、男を見た。

「――もう、そっとしておいて下さい。私たちだけで、何とかやってるんですから」

圭子の言葉に、男は笑って、

「警察にそんな言い分が通用すると思ってんのか？」

「捕まったら、その時です。でも、他の人のことは、絶対に口にしません」

「信じたいけどな……」

「どうしろと？」

男は、少し間を置いて、

「何か飲むか。――話だけしてると、にらまれそうだ」

「ええ。何か買って来ます」

「いいよ、俺が行く」

男は椅子《いす》をおりて、「何にする？」

「じゃ……。レモネードを」

男が、すぐにレモネードとアイスコーヒーを手に戻って来た。

「――さ、乾杯だ」

「乾杯？」

「ああ。成田と君の、新しい生活に、さ」

圭子は、ゆっくりとレモネードを飲んで、

「お金は大してありません」

と、言った。

「分ってる。しかし、いくらかは、手を切るために払ってほしいな。みんなのためだ」

「いくらですか」

と、圭子は言った。

「百万か二百万」

圭子は、苦笑して、

「冗談はやめて」

と、言った。

「成田は持ってないかもしれない。君もな」

と、男は肯《うなず》いて、「しかし、あのレジにはあるんじゃないか？」

圭子は愕然《がくぜん》として、男を見た。

「何ですって？」

「大きな声を出すなよ」

と、男は言った。

「だって……。そんなこと、できないわ！」

「盗めと言ってるんじゃない」

「それじゃ何ですか」

「夜の時間に、あそこで働くこともあるんだろ」

「夜はありません」

「変えてもらえばいいじゃないか」

「それで――」

「強盗に入られた、と届け出ればいい。客がいない時を見はからって行くからさ」

「そんなこと……」

「また来る」

男は、アイスコーヒーを飲み干すと、立ち上って、「よく考えとけよ。明日までに」

圭子は、しばし呆然《ぼうぜん》として、座っていた……。

20　夫の告白

「――あなた、どうしたの？」

欠伸《あくび》しながら、床へ入ろうとした祐子は、夫の皆川が、まだ目を開けているのを見て、訊《き》いた。

「うん……」

皆川は、のんびりと言った。「たまにはいいもんだ、と思ってさ」

「何よ、急に」

と、祐子は笑った。

一流とは言いかねる旅館だったが、感じは良かったし、夕食もまずまず。昼間は海で泳いで、千晶はもう早くからぐっすりと眠り込んでいた。

「運動不足だな。――疲れたよ」

と、皆川は言った。

「そりゃ、もう四十だもの。若くないのよ」

「全くだ……」

皆川が、モゾモゾと自分の布団《ふとん》から這《は》い出ると、祐子の布団へと潜り込んで来る。

「ちょっと。――何してんの？」

祐子は、クスクス笑いながら、「――くすぐったい！」

その後、しばらくは――暗い部屋の中で、言葉の不要な時間が続いた。

旅行も三日目だった。あと、明日一泊して帰るのだ。

それからはもう、夏も終りへ向って、時の歩みを早めて行くだろう。

祐子は、入院中の母のことや、成田圭子のことも気にしながら、しかしこの日々を大いに楽しんでいた。

「――やれやれ」

皆川が息をついて、祐子と並んで、枕《まくら》に頭をのせる。

「疲れてるんでしょ？　早く寝た方がいいわ」

と、祐子は言った。「朝、また千晶に叩き起こされるわよ」

「そうだな」

皆川は肯いたが、一向に動こうとはしなかった。

しばらく、暗い天井を見上げて、皆川は言った。

「心配ごとがあるんだ」

「何なの？　仕事のこと？」

「いや。――友だちのことだ」

「お友だち?」

「うん」

皆川は、少し迷いながら、「話しておいた方がいいと思ったんだ」

「どんなこと?」

「大学のころの友人で、成田という男がいるんだ」

「成田……」

「もと過激派で、刑務所へ入っていた。出所してから、また何だかで、追われる生活をしている」

「じゃ――逃亡犯?」

「そういうことになる。しかし、荒っぽいことのできる男じゃないんだ、本当だよ」

と、皆川は言った。

「それで?」

「君に相談しなくて、悪かったが、僕は成田の逃亡生活に手を貸していた」

祐子が何も言わないので、皆川は、続けた。「成田には、圭子という女性がいる。二人で、息を殺して、ひっそりと暮していたんだ」

「あなた、何をしてあげたの?」

「少しは金も……。住む所を捜してやったりね。――二人とも必死だ」

「見付かれば逮捕？」

「二人ともね。しかし、その二人が、いつの間にか、姿を消してしまった」

「捕まったの？」

「それなら分るはずだ。逃げたとしても、どこへ行ったのか分らない。僕に一言も言わずに。それがおかしいんだ」

「連絡は？」

「ない。——気になるんだ」

「でも、あなたの方からは連絡できないんでしょ？」

「うん」

「じゃ、仕方ないじゃないの」

「それはそうだが……。怒らないのか」

「もうすんじゃったことでしょ」

「それに——万一、二人が捕まって、僕のことが知れたら、僕も罪に問われることになる」

「あらあら」

と、祐子は言って、欠伸をした。「その時はその時よ」

皆川は、祐子が、呑気《のんき》にいびきをかきながら眠り込んでしまったのを見て、呆気《あっけ》に取られていた……。

——旅行の最後の日、祐子は、午後、旅館の部屋でひっくり返っていた。

皆川は千晶を連れて、海へ出ている。

潮の匂《にお》いと、波の音が単調に体を包んで、祐子はウトウトし始めていた。

部屋の電話で起こされる。

「——はい、もしもし」

と、トロンとした目で言うと、

「お姉ちゃん？」

「今日子。どうしたの？」

今日子にはここの電話番号を教えて来たのである。

「ね、あの二人——。今、旦那さんは？」

「海に行ってる。二人がどうしたの？」

祐子も、目が覚めた。

「いなくなっちゃったの」

祐子は、唖然《あぜん》とした。

「いなくなったって……。どうしたの？」

「分んないよ。お姉ちゃんに聞いてたコンビニエンスへ行ってみたら、あの人、いないじゃない。訊いてみたら、もうやめたって」

「家の方は？」

「行ってみた。誰もいないの、引き払ったみたい」

「まさか！」

祐子は、思わずそう言っていた。何があったんだろう？

「うちの旦那の方にもね、あの成田って人が、翻訳の仕事、送り返して来たの」

「じゃ、捕まった、ってわけじゃないらしいわね」

「そうだね」

「何かあって、逃げたのよ。――いい？　あんたはもう二度と、あの家へ行っちゃだめよ！」

「うん」

「何を訊かれても、知らない、って言い張るのよ」

「誰に？」

「警察よ」

「来るかな」

「分んないわ。でも、用心して」

「お姉ちゃんは？」

「——どうしたらいいかしら。ともかく、明日帰るってことは知ってるから」

「じゃ、向うから——」

「電話か何かあると思うわ」

「そうね。何か分ったら、教えてね」

「うん、丸山君によろしくね」

祐子は、受話器を戻して、むずかしい表情になった。

あの二人が突然姿を消す、というのは……。

祐子は、ただ二人が逃げた、とは思わなかった。そうしなくてはならない、よほどの事情があったのだ。

早く帰るべきだった……。

しかし、約束の通り、圭子は、今日子の所にも救いを求めていない。それが、いじらしかった。

圭子の体は、大丈夫だろうか？

急に、時間のたつのが遅くなったようだった。

21　女性専用

旅行から帰って二日後、祐子はデパートに出かけた。

空はどんより曇って、蒸し暑い日だ。少し歩くと汗がふき出して来る。

デパートに入ると、クーラーが効いていてホッと息をついた。——さて、四階だったわね、確か。

エスカレーターで四階へと上ると、祐子は婦人下着売場へと入って行った。この奥に、女性専用の喫茶室がある。

いや、別に女性専用とうたってあるわけではないし、男が入っても構わないのだが、実際には、一度も見かけたことがない。

そりゃそうだろう。ブラジャーだのショーツだのが並んだ棚《たな》の間を抜けて行かなきゃ着かないのだ。まあ普通の男性なら、遠慮するに違いない。

「——いらっしゃいませ」

と、ウエイトレスが、席についた祐子のところへ冷たい水を持って来た。

「あら、皆川さん、お久しぶり」

「どうも」

と、祐子は会釈《えしゃく》した。「まだいるのかなあ、と思ってたの」

「やめられないのよ、何しろ亭主の稼《かせ》ぎが悪いから」

カラッと言って笑うのは、以前、祐子たちが住んでいた団地でご近所だった主婦である。宮内珠子《みやうちたまこ》という。

親しくしても、あまりベタッとはしない、至って気楽に付合える人だ。

「陽《ひ》焼けしたわね。海？」

と、宮内珠子が訊いた。

「ええ。三人でね」

「いいわね。千晶ちゃんも大きくなったでしょうね」

「どうかしら。体は小さい方よ、二年生にしては」

「二年生。もう？　早いわねえ」

と、宮内珠子は、大げさにため息をついてみせた。

少し空いている時間のせいもあって、お互い、子供のこと、亭主のことなど、話していればたちまち時間は過ぎてしまう。

「――あ、来た来た」

祐子は、手を振った。「圭子さん、ここ、ここ」

圭子が、祐子を見付けてホッとしたようにやって来た。

「──お知り合い?」

と、宮内珠子が圭子を見て言った。

「ええ。ちょっとしたことで。──成田圭子さん。こちらはね、私の昔からの知り合いで、宮内さん」

「初めまして」

と、圭子は頭を下げた。「遅れてすみません。ちょっと途中でめまいがして」

と、椅子に腰をおろす。

「まあ、大丈夫なの? 大事にしないと。──おめでたなのよ」

「あら、それはそれは」

と、宮内珠子はニッコリ笑って、「じゃ、何がいいかしらね?」

「あの……プリンを下さい」

「そうね。ここじゃおいしい方よ」

と、宮内珠子はウインクしてみせると、カウンターの方へ戻って行った。

「ご心配かけて……」

と、圭子は少し声を低くして言った。

「昨日、電話もらってホッとしたわ」

と、祐子は言った。「あ、そうだ。──ちょっと宮内さん、私、何も注文してなかったわ」

「あら、本当だ」

にぎやかな笑い声が響く。——圭子も一緒に笑った。

大分、気が楽になった様子だ。

「で、どうなの？」

と、祐子は、アイスコーヒーを頼んでから、言った。

「今は安いビジネスホテルを毎日、転々としてます。本当は危いんですけど」

「大変だったわね」

と、祐子は肯いた。「でも、ひどい人たちね、いくら昔の仲間かもしれないけど」

「お店のお金を盗めなんて……。大義名分も何も、消え失せてしまったんですわ」

と、圭子は言った。

「でも、あなたが妹の所へも連絡しない、という言葉を守ってくれて、嬉《うれ》しいわ」

「そんな……。当り前のことです。ご恩返しもできないのに、この上、ご迷惑をかけるなんて」

と、圭子は言った。「本当は——奥さんにも、お電話していいものかどうか、迷ったんですけど」

「私はいいのよ、自分で承知の上でやってるんですもの」

アイスコーヒーが来て、祐子は一口飲むと、「ああ、おいしい！」

と、息をついた。

「私が心配なのは」

と、圭子が言った。「勤め先だけ知っていたのならいいんです、あの人たちが。もし、気付かない内に、家まで突き止められていたら……。あの家を借りて下さったのは、奥さんですから」

「知ってるかしら？」

「たぶん……大丈夫だと思うんです。家を知ってれば、主人の所にも、誰か来てたはずだと思うんですよね」

「それはそうね」

「その日の帰り道は充分気を付けました。わざと反対方向の電車に乗ってみたりして。尾《つ》けられはしなかったと思います」

「でも――ねえ、せっかく落ちついたのに」

と、祐子は言った。

もちろん、祐子には革命理論だのの難しいことはよく分らない。今の政治には腹が立つことも多々あるし、何とかなんないのかしら、と思うこともしばしばだ。思い余って、行動に走る、という人間の気持も、理解できないわけではなかった。

でも、それがなぜ、成田と圭子の「人間らしい暮し」を踏み潰《つぶ》してしまうのだろう。

少なくとも、それは本来目指すものと、全く逆ではないのかしら……。

「仕方ありません」

と、圭子は微笑んだ。「覚悟の上の生活ですから」

「でも、あなたは、もう一人じゃないのよ。それを忘れないで」

と、祐子は念を押した。「それで、と……。まず住む所ね、問題は」

「奥さん」

と、圭子は言った。「私――お礼とお別れを申し上げようと思って、来たんです」

祐子は、ちょっと面食らった。

「どこかへ行くの？」

「いえ……。主人とも相談しました。これ以上、奥さんを巻き込むわけには――」

プリンが運ばれて来て、圭子は言葉を切った。

「フルーツをつけといたわ」

と、宮内珠子が言った。

「悪いわね」

と、祐子は宮内珠子を見て、「ねえ、どこかいい空部屋を知らない？　この人、駆け落ちなの」

て！」

と、宮内珠子が目を丸くする。「凄い！　私の生涯《しょうがい》の夢だったの、駆け落ちって！」

「変な夢ね」

と、祐子は笑って、「ほら、ご両親に見付かると連れ戻されるっていうんで、自分たちの名を出して、部屋を借りられないのよ」

「そうでしょうね」

と、宮内珠子は肯いて、「――私、訊いてみてあげるわ」

「そう？　何か心当りが？」

「知ってる人がね、転勤で団地の部屋を留守にするの。誰か安心して貸しておける人はいないか、って。――二、三年だと思うけどね」

「あら。じゃ、訊いてもらえる？　この人、そりゃあきちんとして、きれい好きな人だから、絶対に汚したりしないわ」

「うん、じゃ、今電話してみる」

「お願い！　家賃はできるだけ安くね」

「任せといて」

と、宮内珠子が店の電話へと歩いて行く。

「奥さん」

圭子が呆気に取られて、「でも、そんなことを……」

「あなただけのためじゃないわ」

と、祐子は圭子の手を握った。「あの家を借りたのは私。そしてあなたのお腹には赤ちゃんがいる。その赤ちゃんには、私も責任があるもの。安心して世の中へ出て来られるようにしておかなきゃ。――ね？」

圭子は、うなだれた。

「だって――あてはないんでしょ？」

祐子に訊かれて、

「私が……どこか住み込みの仕事でも見付けて、と思ったんです……」

「その体で？　成田さんは？」

「あの人は――何とかする、と」

「体をこわすのがオチよ。それに住み込みで、なんて……。ねえ、誰だって、人に頼らなきゃ生きていけない時っていうのがあるもんなのよ」

「でも、万一の時に――」

「私は大人よ。自分がやっていることは承知してるわ」

そう言って、祐子はちょっと照れたように、「へへ、カッコつけちゃったわね」

と、笑った。

「——OKよ」

と、宮内珠子が戻って来た。「これから行ってみる?」

「もちろん!」

と、祐子は元気よく立ち上った。

圭子も、ついつられて立ち上っていた……。

22 恐喝

「ずいぶん年齢《とし》をくった駆け落ちだな」

と、成田は苦笑いした。

「でも——本当にすてきなおうち」

圭子は、居間を見回しながら言った。

「ブルジョワ生活に毒されそうだ」

と、成田は、わざと顔をしかめてみせた。

「——まあ、これでしばらくは大丈夫そうだわね」

台所を見て来た祐子は息をついて、「ガスレンジも、すぐに使えるし、今すぐに住んでも大丈夫よ」

「本当に奥さん、何とお礼を——」

と、圭子が言いかけるのを遮って、

「ちょっと、やめてよ。私、くどいのって嫌《きら》い。その話はもうすんだでしょ」

「すみません」

圭子はちょっと顔を赤らめて、「じゃ、お茶でもいれますわ」

「そうね。ごちそうになろうかしら」

居間のソファも、外国製の、なかなか立派なものだ。祐子は座ってみて、

「うちのより、よっぽど立派」

と、言った。

成田は、圭子が台所へ入って行くと、

「——皆川君が羨《うらやま》しいな」

と、言った。

「うちの人が？」

「すばらしい奥さんがいるからですよ」

「あらあら」

と、祐子は笑った。「長女って損だわね。圭子さんのことが妹か何かみたいに思え

てね。でも、あなたも奥さんに感謝しなさい。あんな女《ひと》、どこを捜したっていないわよ」

「ええ。あいつは世界一の女房です」

「言ってくれるじゃないの」

「奥さんが二番目です」

成田が真面目《まじめ》くさって言うので、祐子は吹き出してしまった。成田も一緒に笑い出す。

――そして、成田は真顔に戻ると、低い声で言った。

「本当は――あいつがどこか仕事を見付けたら、姿を消そうかと思っていたんです」

「姿を消す？」

「初めのうちは悲しむでしょうが……。でも、その内には僕のことも忘れるだろうと思って」

「赤ちゃんはどうなるの？」

「あいつのことだ。きっと、その内いい男を――。奥さんが誰か見付けてくれるかもしれないし」

「あのね」

と、祐子は言った。「そんないい男がいたら、私が乗りかえるわ」

成田はちょっと笑って、

「――いい人ですね、奥さんは。僕は人間なんて信じられないと思ってた。圭子の奴《やつ》さえね。正直なところ、あいつが僕のことを警察へ密告するんじゃないかと思ったことも、何度もありますよ。でも、今はもう信じていられる。それに奥さんのことも、皆川君のことも。人を信じられるってのは、すばらしいことですねえ……」

成田の目が、少しうるんだ。

「――お待たせして」

圭子が、ティーカップをお盆にのせて、やって来た。「紅茶にしました。何のお話だったの、あなた？」

「いや……」

「あなたも私も、亭主で苦労するわ、って言ってたのよ」

と、祐子は言って、ニッコリと笑った……。


「何だ？」

ロビーへ下りて来た皆川は、キョロキョロと周囲を見回した。

机にメモがあって、客がロビーで待っているということだったので、下りて来てみたのだが……。

「誰もいないじゃないか」

と、肩をすくめて戻ろうとした時、その男に気付いた。

皆川は、ため息をついて、歩いて行った。

「——困るじゃないか」

と、皆川は言った。

「仕方ないですよ」

と、男は言った。「急用でね」

「成田が見付かったのか？」

「いや、女房の働いてる所を見付けたんですがね」

「どこだ？」

と、皆川は訊いた。

「見付かったと分ったら、すぐやめちまいました。また姿をくらました、ってわけでね……」

「そうか……」

「ともかく、我々に見付かると、何かまずいことがあるのは確かなようです」

皆川は首を振って、

「僕には分らないよ」

と、言った。

「お願いがあるんですがね」

「何だ？」

「本当なら――まあ、成田を疑うかどうかは別として、大分あいつのために、みんながパニックに陥ったし、本来なら、成田からもらうべきですが、行方が分らないんではね。友だちのあなたに、代って請求しようってことになったんです」

「請求？」

「金です」

皆川は、ちょっと呆気に取られていた。

「――何だって？」

「金額は、一応二百万。ま、少しはご相談に応じますが、半分以下ってわけにはいかないですね」

「おい、何を言ってるんだ」

「本気です。こっちは成田のせいで危険にさらされているかもしれない。移転や、カムフラージュのための費用も馬鹿になりませんからね」

「そんなことは僕と関係ない」

「分ってます。しかし、成田の行方が分らない以上、保証人の方へつけが回って行くのは当然でしょう」

　皆川は、言葉が出なかった。

「――いいですね」

と、男は、ちょっと上目づかいに皆川を見て、「また連絡します。少なくとも、一週間以内に百万ほど用意して下さい」

「君ね――」

「相談は、金額以外、応じられません」

と、男は言った。「もし、断ったら、あなたが成田の逃亡に手を貸していたことを、警察へ教えるだけです」

　皆川は、愕然とした。

「それじゃ、失礼」

　男は足早に、ビルから出て行く。

　――皆川は、しばしその場に立ち尽くしていた。

　その男がビルから出て行くのを、受付の所から眺《なが》めていたのは、今日子だった。

　皆川を訪ねて来て、受付に声をかけようと思ったら、当の皆川が、誰やらと話をしているのが目に入った。

　仕事の話という様子でもなく、見ている内に、今日子はその男を見たことがある、と思い付いた。

長髪のやせた男。——この前、このビルの前で、成田とぶつかりそうになった時、成田を追いかけて行った男だ。

姉の祐子の話で、それが成田の仲間の一人だということは、今日子も知っていた。そして、どうも皆川にも、しつこくつきまとっているらしい……。

「よし」

今日子は呟《つぶや》いた。——どうせこっちはたっぷり時間もあるし。

今日子は、皆川に見られないように用心しながら、ビルから出た。あの長髪の男は、足早に、地下鉄の駅の方へと歩いて行く。

今日子は、その後からついて行った。

もちろん、危いから絶対によけいなことをするな、と姉に言われている。しかし、好奇心は人一倍旺盛《おうせい》だし、割合に度胸もいい方だし、逃げ足も早い。

ともかく、つけられる所までつけて行ってやれ。

その男が、地下鉄の駅へと階段を下りて行くと、今日子は小銭入れを出して、切符を買う用意をしながら、足を早めたのだった……。

23　今日子の尾行

「もしもし。――あら、今日子さん」

電話に出た圭子は、ホッとした様子で、「ええ、みえてます。ちょっと待ってね」

成田と圭子が「新居」にしている団地の部屋に、祐子はやって来ていた。圭子が受話器を手に、振り向くと、

「奥さん。今日子さんからです」

「まあ。ここへはあんまりかけるな、って言ってあるんだけど。――ありがと」

祐子は、圭子から受話器を受け取って、「もしもし」

「お姉ちゃん？　やっぱりそこか」

「何か急用？」

「でなきゃかけないよ」

と、今日子は言った。「お宅の日那さんがピンチのようだから」

「うちの人？」

「そう。会社へ行ったの、さっき」

「何の用で？　また何かたかりに行ったのね？」

「人聞き悪いなあ。おごらせてあげに行ったんじゃない」

「同じことよ、それじゃ」

「ともかくね、ロビーで、旦那さんが捕まってるのを見ちゃった。例の、成田さんの昔の仲間って人に」

「昔の？　いつかの——」

「そう。私が見かけた人。成田さんを追いかけて行った奴よ」

「じゃ、うちの人に何か話しに来たのね」

「あんまりいい話じゃないみたい。旦那さん、途方に暮れてたわよ」

「うちの人がね……」

祐子は肯《うなず》いた。圭子の働く店の金まで狙《ねら》った連中だ。成田たちが再び姿をくらましてしまったので、皆川の所へやって来るというのは、充分に考えられることだった。

「分ったわ。ありがとう」

と、祐子は言った。「こっちで何とか考えるから——」

「まだ話があるの」

「何なの？」

「その長髪の男の後をね、尾けてやったの」

「何ですって？」

祐子は呆《あき》れて、「そんな危いこと！　だめじゃないの」

「向うは私のことなんか知らないもん」

と、今日子は呑気なものである。

「だからって……。だめよ、二度とそんなことしちゃ」

「へいへい」

てんで真面目に聞いていない。

「それで――どうだったの？」

と、祐子は訊いた。

圭子は、祐子の言葉で、あらかた察していたのだろう。心配そうにしていたが、祐子が電話を終えると、

「奥さん――」

「どうも、今度はうちの主人に請求が回って来たみたいね」

「何てことかしら！」

と、圭子はソファに座り込んでしまった。

「そんなにすぐ落ち込まないで」

と、祐子は、圭子の肩をポンと叩いた。「長髪の、主人の所へ来てた仲間の人って知ってる？」

「ええ」

と、圭子は肯いた。「岩井《いわい》って人です。もともと、私たちとは合わなくて、よく喧《けん》嘩《か》してましたけど」

「岩井っていうの」

と、祐子は肯いた。「その人の後をね、妹が尾けたんですって」

「まあ」

「そしたらね――」

と、祐子は言った……。


尾行って、結構面白いもんなのね。

きっとお姉ちゃんが知ったら怒るだろうな、と思いつつ、今日子は長髪の男の後を尾けて行った。――人間、歩いていて、理由もなく振り返ったりは、なかなかしないものだということを、今日子は知った。

まあ、これが真夜中で、しかも人《ひと》気《け》のない、怪しげな裏通り、なんていうのなら、今日子も少々怖気づいたかもしれないが、今は昼間、しかも人通りの多いショッピング街を通っているのだ。そう危険ということもあるまいし……。

今日子は、男が足を止め、ちょっと何かを捜している様子なのを見て、ちょうど目の前にあった化粧品店の店先を眺めるふりをした。

男は、わきの細い道へと入って行く。今日子が急いでその曲り角へと駆けて行き、覗《のぞ》いてみると――相手は、古めかしい喫茶店へと姿を消すところだった。

あんまりすぐに入るのも……。そこは今日子も、頭を使って、近くで週刊誌を一冊買い、それを手に、ぶらっとその店の中へ入って行った。

長髪の男は、奥の席で、誰かと会っている。

今日子は明るい席に腰をおろした。週刊誌を読もうと思うと、その席でないと暗すぎるのだ。

「いらっしゃいませ」

と、中年の、この店の奥さんらしい女性が水を持って来た。

「アイスコーヒーを」

と、今日子は言った。

「はい。――美容院ですか？」

そう訊かれて、今日子はとっさに、調子を合わせておくことにした。

「そうなんです、混んでて」

「いつもなんですよ。おかげで、うちはお客さんが入るけど」

と、その奥さんが笑う。

ちょうど、喫茶店のすじ向い辺りが美容院なのだ。――漫然と週刊誌など読んでいるのには、いい口実である。

長髪の男は、今日子の方へ背中を見せていた。話している相手は、頭の禿《は》げ上った、五十がらみの男で、しわくちゃになった白の上衣《うわぎ》を着て、サングラスをかけている。

ヤクザかしら、と今日子は思った。見たところは、完全に「その筋」の男らしいが……。

席が離れていたので、今日子の所まで、二人の話は届いて来ない。しかし、どうも、長髪の男の方が、低姿勢で、よくしゃべっているのは確かなようだった。

「どうぞ」

アイスコーヒーが来て、一緒に冷たいおしぼりも持って来てくれた。

「嬉しいわ。汗でべとついて……」

と、今日子は言った。

アイスコーヒーを飲み始めた時、急に長髪の男はパッと立ち上って、

「じゃ、また」

と、頭を下げた。

もう出るのか。――今日子は迷った。

相手の男は、まだのんびりと腰をおろしている。もし、今日子が、注文したアイス

コーヒーに口もつけずに立ってしまったら、あの長髪の男を見張っていたと分ってしまうだろう。

支払いは、あの禿げた男の方が持つらしく、長髪の男は店を出て、足早に行ってしまった。今日子は、諦《あきら》めて、残った男の方を見張ることにした。

十分ほどたっただろうか。

喫茶店のカウンターの電話が鳴った。あの奥さんが出て、

「——お待ち下さい」

と、受話器を置き、「お電話ですよ」

と、素気なく、あの禿げた男へ声をかけた。

名前は知っているらしいが、奥さんの方では、あまりいい感じは抱いていないらしかった。

「——どうも」

と、禿げた男は、受話器を取った。「——ああ、俺だ。——まだだ。——もう一歩、てところだな。——うむ。——分った。成田のことは任せろ」

カウンターの電話は近いので、今日子の耳にも、その男の言葉は聞こえる。

電話を切ると、そのまま席へ戻らずに、

「いくらだ」

と、言った。

今日子は、自分の分の支払いがすぐできるように、小銭を伝票の上に置いていた。

「どうも」

と、奥さんは気のない声で言った。

男が店を出る。今日子も立ち上って、

「そろそろ行ってみるわ。どうも。――ここへ置きます」

「ありがとうございました」

と、奥さんが微笑む。

前の客と、あまりに態度が違うので、

「今の人、何だか陰気な感じですね」

と、何となく言ってみた。

「ええ。よくお店の電話を使うんですよ。警察の人なんだけど、どうも虫が好かなくて」

今日子は啞然《あぜん》とした。

「警察の人？」

「刑事さんなの。見えないでしょ、とっても？」

刑事！　――しかし、なぜ、あの長髪の男が刑事に会ったりするのだろう？

店を出た今日子は、その男の後から、大分離れて、歩いて行った。

大通りへ出ると、自転車に乗った制服の警官がやって来た。そして、あの男とすれ違う時、サッと手を上げて、敬礼したのである。

やっぱり！　――本当に刑事だったんだわ。

今日子は、唖然として、その男の後ろ姿を見送っていた……。

24　罠《わな》の罠

「岩井さんが……」

話を聞いて、圭子は愕然としていた。

「ねえ。あなたのご主人が裏切った、とか言って、ご当人じゃないの、通報してたのは」

祐子も、腹が立っていた。

「でも……」

と、圭子は、眉《まゆ》を寄せて、「それならどうしてすぐ私の居場所が分った時に、警察へ知らせなかったんでしょう？」

「それはそうね」

確かに、その岩井という男が、夫の所へ何度も出向いているとしたら、夫もとっくに捕まっていそうなものである。

「だけど……。それじゃ、なぜそんな刑事さんなんかと会ってたのかしら？」

と、祐子は言った。

「分りません……。あ、主人だわ」

と、圭子が腰を浮かす。

「――やあ、どうも」

と、成田が入って来て、祐子に頭を下げた。

「お仕事の方は、どう？」

と、祐子は訊《き》いた。

成田は、また今日子の夫、丸山の紹介する翻訳の仕事をしていた。圭子は、この暑い時期は少し家に（といっても、他人の家だが）いて、涼しくなったら、また働きに出るつもりのようだ。

成田は、見違えるように、さっぱりと垢《あか》抜けして、半袖《はんそで》のワイシャツにネクタイをしめ、爽《さわ》やかなビジネスマンという印象だった。

もし、手配写真が目の前に貼《は》ってあっても、誰も同じ人物とは思わないのではないか、と祐子は思った。

「はい、麦茶」

と、圭子が、冷たい麦茶を運んで来る。

「うん。──ちょっと失礼して」

成田は、ネクタイを取って、ワイシャツの一番上のボタンを外し、ホッと息をついた。

「あなた」

と、圭子が座って、「今、話してたの」

「何だ？──何かあったのか？」

圭子が、今日子の見た岩井という男の話をすると、成田の顔は曇った。

「──何てことだ」

と、成田は、ため息をついた。「すみません、奥さん。皆川君の所にまでたかりに
行くとは……」

「そうかどうか、主人から聞いたわけじゃないけどね」

「いや、間違いないでしょう」

と、成田は、首を振って、「岩井のことは、僕も気になってた。──いい奴なんだ
けど……」

かつては、という言葉を、成田は、胸の中だけでくり返しているようだった。

「でも、刑事と会っていたって、どういうことかしら」

と、圭子が言うと、成田は額にしわを寄せて、

「考えたくはないけど……。もし、裏切っていたとしても、驚かない」

「でも――」

「目的のために手段を選ばなくなったら、もう後は早いよ。どこまで落ちても同じことだ、と思うようになる」

「だけど、それなら――」

と、祐子が言いかけると、

「いや、奥さん」

と、成田は苦笑した。「僕や圭子なんて、警察から見りゃ小物です。ましてや、皆川君なんか、逮捕したって、何の意味もない」

「そりゃそうでしょうけど」

「岩井が、もし本当に警察と組んでるとしたら、僕が、もっと派手なことをやるのを、狙《ねら》っているはずです」

「派手なこと？」

「強盗とか、殺人、放火……。僕らのような人間の恐ろしさを、もっと強く印象づけられるような犯罪をね。そうでなきゃ、逮捕しても話題にもなりませんからね」

「じゃ、私にあのコンビニのお金を盗ませておいて、捕まえるつもりだったの？」

「いや、それはきっかけだろう。次から次へ、もっと大きな仕事に無理やり参加させるつもりだったろうな」

「そんなのってないわ」

と、祐子は、憤然として言った。

「いや、何を考えるか分りませんよ、向うも」

と、成田は首を振って、「現に、目的さえ正しければ、といって、ごく普通の家の電話の盗聴だって、平気でやっているじゃありませんか」

「どうしたらいいかしら」

と、圭子は言った。「皆川さんのお宅に、これ以上ご迷惑はかけられないわ」

「うん」

と、成田は肯いた。「しかも、ぐずぐずしちゃいられない」

「そうよ」

「だけど——物騒なことはだめよ」

と、祐子はあわてて言った。「あなたは、赤ちゃんが産まれるんだから」

「ご心配なく」

成田は、ゆっくりと麦茶を飲み干した。

「あなた……」

「他に手はない」

と、成田は言った。「仲間たちを集めて、直接話をする」

「そんな！　もし殺されたら――」

と、圭子が青ざめる。

「大丈夫さ」

「無茶ねえ」

と、祐子は顔をしかめた。「発想は柔軟でなきゃ」

「色々あっても、仲間たちです。信じてくれますよ」

「自信ないくせに」

と、祐子は言って、にらんだ。「そうでしょ？　はっきりおっしゃい」

成田は苦笑すると、

「奥さんは、刑事の尋問より鋭いな」

と、言った。

「考えるのよ！」

と、祐子は言った。「いい？　私たちは、その岩井って人が、刑事と会ってたことを知ってるわ。でも、向うはまだこっちが何も知らないと思ってる。その点、こっちが有利なわけでしょ。この利点を、利用しない手はないわ」

「そりゃまあそうですが……」

と、成田は、祐子の説得力のあるしゃべり方に押され気味で、「といって、皆川君に迷惑のかからないうまい方法が――」

「そこを考えるのよ！」

と、祐子は言った。「いいわ。こういうことにかけちゃ、うちの妹と、その亭主はきっと役に立つ」

「丸山さんが？」

「あの人、ボーッとしてるけど、それだけに、考えることはユニークなのよ」

そのころ、丸山はクシャミをしていたかもしれない。


「――ただいま」

と、祐子は玄関を上って、「遅くなってごめんなさい」

「――お帰り」

皆川は居間のソファで、重苦しい顔をして座っている。

「千晶は？」

「うん、二階だろ」

「遅くなったから、お弁当買って来たの。――千晶！」

「はあい」

と、返事が聞こえた。

「返事から、下りて来るまで十分はかかるものね。――あなた、うな重よ。豪勢でしょ」

「いいな」

と、皆川はニヤリと笑った。

「じゃ、すぐお吸いものを作るわ」

祐子は、手早く着替えた。

夫の元気がないのは、もちろん、あの岩井という男のせいだろう。

分ってはいたが、そうは言えない。

「――おい、祐子」

と、皆川が台所へ顔を出す。

「ちょっと、冷蔵庫から麦茶出して」

「ああ……」

「コップとね。すっかり冷えてなかったら、氷を入れといて」

「うん……」

——祐子は、興奮していた。

もちろん、危険もあるだろうが、成田と圭子を守るための計画だ。

そして、それは、自分の家族を守るための、計画でもあるのだった……。

25 ステーキの問題

「ウーン」

丸山勝裕は、そう唸《うな》り声を上げたまま、しばらく黙り込んでしまった。

「——どうしたの？」

と、今日子が呆れたように、「どこか具合でも悪いの？」

「大変な仕事だってことは、分ってるのよ」

と、祐子は言った。「もちろん断ってくれたっていいの。下手すりゃ刑務所入り、ってことにもなりかねないんですものね」

——ステーキの店。

丸山が肉好きということを知っていたので、祐子は今日子と夫の丸山を、このステーキ屋に連れて来たのだ。千晶は近所の親しい奥さんの所へ預けて来てある。

まあ、グルメ向けガイドブックにのるほどの高級店ではないが、大きなステーキが割に安く食べられるというので人気のある店だった。

実際、混むといけないというので、五時過ぎに入ったのだが、空いたテーブルはほとんどない。まだ表は青空で、夕食というより昼食を取っている気分だった。

成田から、あの長髪の岩井という男を何とか遠ざけなくてはならない。特に岩井が皆川をゆすりにかかっているとあっては、祐子も、直接我が身に火の粉がふりかかってきたわけである。

丸山に事情を話して、何かいい考えはないか、と相談してみたところだった。いや、実際には、丸山に「何とかしてくれないかしら」と、頼みに来た、というわけである。

もちろん、「何とかする」ということは、結果的に、成田たちの逃亡を手助けすることになるから、最悪の場合、警察に捕まることだって、ないとはいえない。

いかに呑気な丸山でも、ウーンと唸って考え込むのも無理はない、というところである。

「いや、そんなことで唸ったんじゃないんです」

と、丸山は、少々当惑気味の様子で、「この肉です」

「肉がどうかした？」

ちょうど、ヒレ肉のステーキが、三人の前に置かれたところだった。

「いや、この厚さ」

と、丸山はフォークを取ると、肉をヒョイと立ててみた。

かなり厚みがあるので、倒れないで立っている。

「立ったまま、倒れない！　凄《すご》い！」

と、丸山は感動している様子。

「馬鹿《ばか》なこと言ってないで食べれば？」

と、今日子が夫をつついた。

「あ、うん……。もちろん」

丸山は、ステーキにナイフを入れた。「柔らかいなあ。筋もないし」

「何だかうちで肉を食べさせてないみたいじゃないの」

と、今日子がにらんだ。

「これこそ肉だよ。うちで食べてるのは、『肉もどき』」

「何よ、それ」

二人のやりとりを聞いていて、祐子は吹き出してしまった。

丸山は、ゆっくり味わって食べながら、

「もちろん、お手伝いしますよ」

と、やっと本題に戻った。「こんな肉を食べさせてもらったら、人殺しだってやっちまう」

「安いのね、ずいぶん」

　と、今日子が笑って言った。「——刑務所へ入ったら、ちゃんと差入れしてあげるからね」

「そんなことになってもらっちゃ困るけどね」

　と、祐子は言った。

「まあ大丈夫でしょう」

　と、丸山はおっとりした調子で言った。「問題は、その岩井という男ですね」

「一発ぶん殴ってやったら？」

　と、今日子が言った。

「そんなことじゃ解決にならないよ」

　と、丸山は首を振って、「岩井って男が、皆川さんや成田さんに二度と近付かないようにするのが一番だ」

「そうなのよ」

　と、祐子は肯いた。「何か、いい方法あるかしら？」

「そうですねえ」

　丸山は、眉を寄せて、「——今はともかくこの肉に気を取られてるから、だめだな」

「肉、肉って言わないでよ。ひき肉なら年中食べてるでしょ」

と、今日子が渋い顔で言った……。

――食事が終って、祐子はフルーツを取ったが、丸山と今日子はたっぷりと量のあるアイスクリーム。祐子だって嫌《きら》いではないが、この二人の食欲にはとても勝てない。

「――岩井って男と連絡は取れないんですかね」

と、アイスクリームを食べながら、丸山が言った。

「成田さんに訊いたのよ、私も」

と、祐子は言った。「そしたら、住んでいる所は分らないけど、よく足を運ぶスナックっていうのはあるらしいわ。そのスナックをやってる女が、岩井の昔の彼女なんだって」

「じゃ、その女性から、岩井に伝言したりできるわけですね」

「それは大丈夫みたい。でも週末はたぶん店に行ってるんじゃないか、って言ってたわよ。特に、岩井は、警察に追われているってわけじゃないんだから、平気で行くでしょうしね」

「なるほどね」

と、丸山は肯いた。「――今日は何曜日だっけ？」

「土曜日よ。あなた、さっきもそう訊いたわ」

「すぐ忘れちまうのさ。じゃ、今日は週末じゃないか」

「そういうこと」

「じゃ、そのスナック、名前とか電話番号とか、分りますか？」

と、丸山は祐子に訊いた。

「ええ。――これ、メモして来たわ」

「ちょっと貸して下さい」

丸山は、メモを手にして、「おい、十円玉ある？」

「あるけど、どうするの？」

「電話してみる」

「もう？」

「善は急げ、さ」

早くもアイスクリームを食べ終った丸山は、十円玉を三枚、手の中でジャラジャラいわせながら、席を立って、「確か、入口の所に赤電話が……」

と、呟《つぶや》きつつ、歩いて行った。

「――呆《あき》れた」

と、祐子は目をパチクリさせながら、「何しようっていうのかしら？」

「任せとけばいいわよ」

と、今日子はのんびりと言った。「あの人、あれで結構、やることにはちゃんと理由があるんだから」

それにしても――今、話をしたばかりである。

デザートの後、コーヒーを頼んで、待っていると、丸山が戻って来た。

「――どうした？」

と、今日子が訊く。

「コーヒー、頼んでくれた？　サンキュー」

椅子《いす》をガタつかせて座ると、「一枚余った」

と、十円玉をテーブルに置いた。

「そのスナックへ電話したの？」

「うん。岩井ってのがいたよ」

「じゃ、話をしたの？」

と、祐子が目を丸くした。

「ええ。『成田って男を捜してるんだろ』って言ってやったら、『何か知ってるのか』って、食いついて来ました。大分単純な奴《やつ》みたいですね」

「で――何て言ったの？」

「情報がある、って言ってやったんです。買ってくれないかって。すぐＯＫしましたよ。値段も訊《き》かないで。大方、よそから出るんですね、金が」

「あなたって、突拍子もないことをする人ね」

と、祐子は笑ってしまった。

「明日の夜、僕のよく知ってるパブで会うことにしました」

「一人じゃ、危くない？」

と、祐子は言った。

「いや、大丈夫です。パブの主人は僕の古い知り合いですから。ただ……」

「何なの？」

「少し経費がかかります。バイト代が」

「構わないわよ。でも――どうするつもりなの？」

「これから、また何本か電話して、人手を集めます」

「人手を？」

「七、八人は必要だと思うな。一人三千円ぐらい出して……。三万円ぐらいありゃ、足りると思うんですけどね」

「それぐらいなら、安いもんだわ」

祐子は財布を出した。「――でも、あんまり危いこと、しないでね。頼んでおいて、勝手な言いぐさだけど」

一万円札を三枚、丸山へ渡してやる。

さい」

「どうも。——じゃ、もし、これでうまく行ったら、またこのステーキをおごって下さい」

丸山はニッコリと笑って言った。

祐子は、何だか、もうすっかり何もかもうまく行ってしまったような気がして、運ばれて来たコーヒーを、ゆっくりと飲み始めたのだった……。

26　乱闘

「十時か」

岩井は、パブのカウンターでビールを飲みながら、腕時計を見て呟いた。

「——くたびれ損かな」

九時半の約束だ。しかし、カウンターに、それらしい男の姿はなかった。

ただのいたずらとは思えない。何といっても、成田のことを知っていて、しかも岩井が成田の行方を知りたがっていることも、承知していたのだから。

何者かな。——全く、聞き憶《おぼ》えのない声だったが。

岩井は、ビールを飲み干した。あと十分待って、引き上げよう。

パブの中は、えらく混み合って、やかましかった。岩井はうるさい所が嫌いなのである。

特に大学生だか何だか、七、八人のグループは、岩井が入って来た時から、大騒ぎをしている。岩井はよっぽど文句を言ってやろうかと思ったが、下手に喧嘩にでもなったら、迷惑するのは自分の方だ、と思い直した。

「――もう一杯くれ」

と、岩井は、ビールの小ジョッキを押しやった。

すると――突然、

「何だと！」

と、大声で怒鳴った男がいる。

振り向くと、例の、うるさいグループで、どうやら中で言い合いが始まったらしい。

「もういっぺん言ってみろ！」

「何度だって言ってやるぞ」

と、相手も真赤な顔をして、かみつきそうだ。

他の客もみんなその言い合いを眺《なが》めている。

岩井は……。あまり興味も関心もなかった。

喧嘩か。――あんなもの、子供の遊びだ。

分厚い楯、黒いヘルメット、放水車……。

デモ隊を押し潰しそうな勢いで向って来る機動隊の黒い塊。――あれは、見るだけでも足がすくむような恐ろしさだ。

岩井は頭を振った。もう、思い出したくもない。

「この野郎！」

何かが床に落ちて割れる音がした。

二人の男が、取っ組み合って、床に転った。――たちまち、七、八人、入り乱れての殴り合いになってしまった。

他の客が、あわてて逃げ出す。引っくり返るテーブル、椅子――。

岩井も腰を浮かした。

そのとたん、一人が、突き飛ばされて岩井にもろにぶつかった。岩井は大体、体重のある方ではない。

「わっ！」

と、声を上げて、カウンターの前の椅子から、みごとに転り落ち、足をかけるバーに、頭をしたたか打ちつけた。

「いてて……」

よろけつつ、何とか立ち上ったが、もう目の前がかすんでしまっている。

誰かが目の前に迫って来た。――何だ？

突っ立っている岩井を、その誰かが思い切りぶん殴った。

岩井は、完全にのびて、気を失ってしまったのだ……。


「おい」

戸が重苦しい音をたてて開く。

「──お前、出て来い」

岩井は、自分が呼ばれたのだと分ってはいたが、すぐに返事ができなかった。まだ頭が痛んでいたのだ。殴られたせいでもある。しかし、それだけではなかった。

「聞こえないのか」

「今……」

と呟いて、岩井は立ち上った。

胃が痛む。

「早くしろ」

と促されて、岩井は、足を引きずるようにして歩いた。

暗い廊下を、しばらく歩くと、固いベンチに座らされた。

「ここにいろ」

そう言われて、岩井は、肯いた。

ともかく……留置場から出られただけで、ホッとした。

「どうしたんだ」

と、声がした。

「どうも……」

岩井は、唇《くちびる》を引きつらせて、「知らない奴らの喧嘩に巻き込まれて」

「気を付けろ」

――今日子が、岩井と会っているのを見かけた刑事である。渋い顔で、

「俺の名を出すなと言ってあるじゃないか」

「すみません」

と、岩井は言った。「でも――身許《みもと》を調べられちゃまずいと思って」

「ひどい顔だぞ」

「間違って殴られちまって……。それに、あそこにいると気分が悪くなるんです」

「――ともかく、話はつけといた。喧嘩と関係ないってことも、分ってるようだ。帰っていいぞ」

「すみませんでした」

岩井は、立ち上った。

「何か食え。今にも倒れそうだ」

と、刑事が、千円札を二、三枚、岩井の手に握らせた。

——岩井は、外へ出ると、暑さに顔をしかめた。

留置場での夜明かしは、久しぶりだ。一睡もできなかった。

夏の太陽が、辛《つら》い。——急いで、手近な食堂へと、岩井は足を運んだ。


「——大分かかっちゃって、すみません」

と、丸山が、祐子に向って頭を下げた。

「そんなこといいのよ」

祐子は、足りない分のお金を払うと、「お店の方は大丈夫なの？」

「ええ。ちゃんと高い食器は引込めといたそうです」

今日子たちのアパートへやって来た祐子は、大喧嘩の話を聞いて、面食らってしまった。

「でも——一体どういうことなの？」

「後輩の連中に、わざと大喧嘩させたんです。で、岩井って男も巻き込んだ。当然、警察が駆けつけて来て、みんな留置場で一泊です」

「そりゃそうでしょうね」

「でも、岩井は案の定、真先に出られました。事情を訊かれもしなかったようです」

「刑事を知ってたからでしょうね」

「当然、連絡して、出してもらったんだと思います」

「――はい、お茶」

と、今日子が冷たいお茶を出す。「百円いただきます」

「がめつい子ね。お菓子か何かないの？」

「うちの分しかない」

と、今日子は澄まして言った。

「――夜の間に、僕は例のスナックの女性に電話しました。会いに行ったら、岩井が客の喧嘩に巻き込まれて、警察へ連れて行かれた、と知らせたんです」

「それで――」

「当然、その女から、岩井の仲間に、連絡が行くと思います。岩井が留置場へ入れられたと分ったら、大騒ぎでしょう」

それはそうだろう。まさか岩井が警察とつながっているなどとは、他の仲間は思っていないだろうから。

「狙いはそこです」

と、丸山は言った。「岩井が、簡単に出て来られたこと。それを知ったら、他の仲間たちが、妙だと思うでしょう」

「なるほどね」

やっと、祐子にも分って来た。「岩井にとっちゃまずいことになるわね」

「もちろんです。――まあ、まさか消されちゃうことはないでしょうけど」

そこまで行ったら、祐子としても、後味が悪い。

「――取りあえず、岩井がご主人に何と言って来るか、様子を見ましょう」

と、丸山は言った。

「ありがとう」

祐子はすっかり上機嫌《じょうきげん》になっていた。「今度、またステーキね」

「聞いただけでお腹が空いて来たな」

と、丸山は真面目な顔で言った。

――もちろん、何でも予想通りにものごとが運ぶわけではない。

祐子自身が、危険な目に遭うことだって、ないとは言えないのだが……。

27　同志

「早いわねえ」

会社の昼休み、誰か、女子社員が大げさに嘆いているのが、皆川の耳に入って来た。

「一年なんて、アッという間ね。いやだわ、また一つ、年齢《とし》取っちゃう」

全くだ、と皆川は思った。

このところ、昼食を取ると、早々に会社へ戻る日が続いている。食事の後のコーヒーの一杯を、我慢しているのだ

日のたつのは早い。——しかし、同時に、この何週間が、皆川にとっては、長い日々でもあったのである。

それはもちろん、あの岩井という男がいつ会社へやって来るか、それとも電話をかけて来るか、気が気ではなかったからだ。

一週間以内に百万は用意してくれ。

——あの男は、そう言った。

しかし、ごく普通のサラリーマンが、妻に内緒で百万なんて金を用意できるものかどうか。岩井も、ずいぶん世間を知らない、というべきだろう。

もちろん、皆川としては、こんな事態を妻の祐子に打ちあけるわけにもいかず、暑さのせいばかりでもない、憂鬱《ゆううつ》な気分で、会社に足を運んでいたのである。

ところが——一体、どうしたのか、あれきり岩井からは何の連絡もない。もう三週間もたつというのに……。

もちろん、皆川にとっては、その方がずっとありがたいことなのだが、しかし、一

方では、何だか気味悪くもある。

もしかして、岩井が成田を見付けたのだろうか？

成田と圭子が「裏切り者」として、殺されてしまう。――そんなことになっていてほしくはなかった。

皆川としては、何とも複雑な気分である。

祐子は、相変らず元気に飛び回っている。最近は、カルチャーセンターなどにも通い出したようで、外出することも多くなった。

千晶が学校から帰るまでには、必ず帰宅しているから、皆川としても別に文句をつけることもない。

いや、祐子が、いつも通りに明るくしていてくれるので、皆川はありがたかった。帰ってから、女房のグチを聞かされるのでは、かなわない。

「――皆川さん」

と、女子社員に呼ばれて、ふと我に返る。

「何だい？」

「お客様」

「分った」

来たのかな、とうとう。

しかし、出せないものは出せないのだ。はっきりそう言ってやるしかない。

受付へ行ってみて、皆川はホッとした。岩井ではない。

皆川と同じくらいか、それとも二、三歳上かもしれない。落ちついた感じの、どこかの管理職風の男である。地味な背広姿だが、いかにも礼儀正しく見える。

「皆川ですが――」

と、言葉をかける。「何のご用でしょうか?」

これで、保険の勧誘か何かだったら、がっかりだな、と皆川は思った。

「皆川仲夫さんですか」

と、男は確かめるように言った。

「そうです」

「お休み時間に申し訳ありません」

と、男は、頭を下げた。「ちょっとお時間を拝借できませんか」

「あの――」

「私は、成田君の知り合いの者です」

皆川は、一瞬、言葉が出なかった。――この男も、「逃亡犯」なのか?

いや――もしかすると、刑事かもしれない。油断しない方がいい。

「ええと……。よく分りませんが」

と、皆川は戸惑ったふりをして、「成田君というのは……」

「これを」

男が内ポケットから取り出したのは、一枚の古びた写真だった。——若いころの成田、その隣に並んで写っているのは、確かに、今目の前にいる男だった。

「分りました」

皆川は肯いて、腕時計を見た。「——昼休みがあと十五分あります。喫茶店にでも」

「そうしていただけると」

と、男は写真をしまって、「私は、田代《たしろ》といいます。今のところは、ですが」

そう言って笑う。——皆川は、何となくこの男は信用できそうだ、という気がした。


喫茶店に入って、その田代という男は、冷たいミルクを頼んだ。

「——少しでも栄養をつけておきませんとね、こういう生活では」

「田代さんでしたね。成田のことを、何かご存知ですか」

「いいえ」

と、田代は首を振った。「成田君が、あなたにお世話になっていたことは分っています。しかし、その内に姿を消した」

「そうなんです。——僕も気にしてはいるんですよ」

「しかし、心配ないと思いますよ。成田君のことは」

田代の言葉がちょっと意外で、

「どうしてですか？」

「捕まったという情報はありません。きっと、二人でうまくやっているんでしょう……。あの圭子という女性は、しっかりしてますから」

「確かに」

と、皆川が肯くと、田代は急に照れたように、微笑して、

「実は、あの圭子って女性に私も惚《ほ》れてましてね。しかし、みごとに成田君に持っていかれた」

と、言った。

「なるほど、分りますよ」

「ああいう女性がついていてくれる成田君は幸せです。一人でいると、人間、つい疑り深くもなる」

と、田代は言って、「実は――岩井という男をご存知ですね」

皆川はドキッとした。

「ええ」

「成田君の行方を捜していたんですが……。岩井があなたの所へ連絡して来ませんで

したか」

　皆川は少したためらったが、この男には、打ちあけても大丈夫だろう、と思った。

「実は――ゆすられてましてね」

　と、皆川は、声を低くして言った。

「そんなことじゃないかと思った」

　田代は首を振って、「詳しく話して下さい」

　皆川が、事情を説明して、

「――しかし、三週間たつのに、一向に連絡がなくてね。却《かえ》って気になっていたんですよ」

　と、話を結ぶと、

「分りました」

　と、田代は、ゆっくりと肯いた。「全くお恥ずかしい話です。志なんかどこかへ消えてしまった……。いや、気になっていたんです」

「岩井はどうしたんです？」

「姿をくらましています」

「岩井も？　それじゃ、成田を追って――」

「いや、そうではないと思います」

「というと……」

田代は、ゆっくりとミルクを飲んで、

「ある喧嘩《けんか》がきっかけでした」

と、言った。

話を聞いて、皆川は眉《まゆ》を寄せ、

「すると……。岩井一人が、簡単に釈放に？」

「妙だ、ということになって、岩井の恋人の女に、話を訊きました。岩井は、ろくに仕事らしい仕事もしていなかったんです」

「どういうことです？」

「つまり――警察内部に知り合いがいた、ということでしょう」

皆川は啞然《あぜん》とした。

「じゃ……。あの岩井が裏切りを？」

「断定はできませんが……。その可能性は高いですね。女の話から、我々に疑われたと知って、岩井は姿を隠したんでしょう」

「何てことだ……。じゃ、当然、僕が成田を助けていたことも――」

「警察に知れていると思った方がいいでしょうね」

皆川はため息をついた。

「——しかし、そうご心配には及びませんよ」

と、田代が言った。「警察はあなたを狙っているわけじゃない。成田が、これきりうまく隠れてしまっていれば、その内、捜査の方向を変えるでしょう。岩井が情報源として使えなくなれば、我々のグループを捜すのは至って効率の悪い仕事になりますからね」

皆川は、しかし、田代の言葉にも、あまり慰められたとは言えなかった。

これで、祐子や千晶とも当分会えないかもしれない……。ある日突然、刑事が会社へやって来て……。

皆川は、またため息をついたのだった……。

28　目の前の刃

遅くなっちゃった……。

祐子は、家が近付くにつれて、足を早めた。

もちろん、千晶が学校から帰る時間はまだだった。しかし、夕食の仕度とか色々あるので、本当はもう一時間前に帰っているはずだったのである。

急ぐと、まだ後で汗をかく季節だ。それでもつい足を早めてしまうのは、性格というものだろうか。

——祐子は、夫が考えているほど、そう年中出かけているわけではない。カルチャーセンターにも、二つ通っているだけ。この年代の主婦としては、決して多いとも言えない。ただ、成田たちの所へちょくちょく足を運ぶのを、夫には、「習いごと」と説明してあるのだ。

成田と圭子は、至って元気にやっていた。あの岩井とかいう男からも、夫の所へ連絡は来ていないらしい。

何かあれば、夫のことだ、すぐ表情に出るだろうし。

丸山の計画が、功を奏して、岩井もおとなしくしているのかもしれない。ま、このまま岩井がおとなしく引込んでいてくれれば、それに越したことはない。

丸山には、もう一度ステーキをおごってやらなきゃ、などと祐子は考えていた。

「さあ、早くしなきゃ……」

玄関のドアを開け、買物して来た荷物を中へ置いて——。

鍵《かぎ》をかけようと振り向いた時、足音がしたと思うと、ドアが開いて、男が一人、入って来た。

「何よ、あなた!」

と、祐子は思わず声を上げた。

祐子の帰りを、どこかに隠れて待っていたのに違いない。——素早くドアを閉めると、その男は言った。

「ちょっと話があるんですよ、奥さん」

——怖い、という気持にはならなかった。

あまりに突然だったからだろう。それに、祐子には分っていたのだ。——岩井だわ、この男が。

「勝手に人の家へ——」

と、祐子は言いかけて、言葉を切った。

岩井がナイフをとり出したのである。

「お金なの？　大して持ってないわよ」

と、祐子は言った。

「ともかく、いただきましょう」

と、岩井は言った。「金がなくてね。腹が減ってるんで」

祐子は、財布を出して、それごと岩井へ渡した。岩井は中身をポケットへねじ込んで、空の財布を放り出した。

「——用事がすんだら帰ってよ」

と、祐子は言いながら、自分の度胸の良さにびっくりした。

「本当の用件はこれからですよ」

と、岩井は言った。「いいですか、三日以内に、三百万、用意するんです」

「三百万？」

「そう。旦那《だんな》を刑務所へ入れずにすむんなら、安いもんでしょ」

「何の話？」

もちろん、岩井の言わんとしていることは、見当がつく。しかし、何も知らないことにしておかなくては。

「旦那はね、逃亡犯をかくまってたんだ」

「馬鹿言わないで」

「訊いてみるんですね」

と、岩井は唇を歪《ゆが》めて笑った。「成田って手配中の活動家でね、旦那はそいつを助けてた。立派な犯罪ですよ」

「それで？」

「金を出しゃ、黙っててあげましょう。さもなきゃ……。警察へ密告すりゃ、旦那は即刻逮捕だ」

「証拠がなきゃ――」

「調べりゃ出て来ますよ、いくらでも」

と、岩井は言った。「娘さんがいるんでしょ？　父親が刑務所、なんてことにはしたくないんじゃありませんか」

祐子は黙っていた。――腹が立って仕方なかったのだ。

しかし、今カッとなってはいけない。ここはあくまで、何も知らなかったことにしなくては……。

「――主人と相談してみるわ」

と、祐子は言った。

「そうしてもらいましょう。三日以内ですよ」

「お金なんてそう簡単には作れないわよ」

「明日、電話しますよ、ここへね。――いいですね」

祐子は肯いてみせた。

岩井はナイフをしまうと、

「失礼しました」

と、会釈《えしゃく》して出て行く。

祐子は、急いで鍵をかけた。

やっと、体が震えて来る。――しかし、向うだって、危害を加えるつもりはないはずである。

「何て奴《やつ》だろ！　全く！」

急いで上ると、祐子は、今日子の所へ電話した。

「――丸山です」

と、夫の勝裕の方が出た。

「あら、お家にいたの」

「や、どうも。――今日子、何だか友だちと出かけてますよ。僕は留守番で」

「いいの。あなたに用事だったから」

と、祐子は言った。「ね、今、例の男が来たの」

「岩井ですか」

――祐子の話を聞いて、丸山は、

「いや、そりゃすみません。何だか僕のせいで、お義姉《ねえ》さんに危い思いを――」

「とんでもない。そんなの、こっちが頼んだことですもん。――ね、どうしたらいいかしら」

「そうですね……」

と、丸山は少し考えて、「ま、お義姉さんの所へ来たのは、却って良かったですね。ご主人に知られずに、片付けられるかもしれませんよ」

「そりゃそうだけど」

「三日以内に三百万か……。僕もほしいなあ」

と、丸山は呑気《のんき》なことを言っている。

「ね、ともかく――」

「待って下さい。岩井はかなり焦《あせ》ってるんだと思いますよ。ご主人にでなく、お義姉さんの方へ話を持って行ったのは、やはり怖いからですよ、仲間が」

「じゃ、この前の計画、図に当ったのかしら？」

「そう思いますね。――しばらくおとなしくしていたのに、段々情勢不利で、どこかへ逃げ出すことに決めたんじゃないでしょうか」

「その費用を――」

「ええ。しかし、そうなると危険もありますね。三日と待たずに金を出せ、と……」

「ないものは出せないわ」

「ともかく、やけになったら危険です。千晶ちゃんもいることだし」

「用心するわ」

「そっちへ泊めてくれませんか」

祐子は面食らった。

「うちへ？」

「二人で。――まあ、アパートの改装工事とか、何か理由をつけて」

「そりゃもちろん構わないけど」

「じゃ、早速今日からそっちへ行きます。そして、作戦を練りましょう」

「悪いわね」

「とんでもない。ともかく、これでけりをつけてしまうことですよ」

「そうね」

丸山と話していると、本当に何とかなりそうな気がして来てしまう。——祐子はホッとした気分で、電話を切った。

「——そうだわ」

もちろん、大丈夫とは思うが、千晶のことが心配になった。

祐子は、学校の近くまで迎えに行くことにした。——用心に越したことはない。

家を出ようとした時、電話が鳴り出した。

「——はい、皆川です」

「あ、奥さん」

圭子である。

「あら、どうしたの？」

「あの——あの人、そっちへ行っていませんか？」

「成田さん？　知らないわよ」

「そうですか……」

「帰らないの？」

「ええ。——もうとっくに帰ってるはずなんですけど」

圭子の声は、不安げだった。

29　すれ違い

「ええ、何でもないとは思うんですけど。——ええ、待ってみます。すみません、お忙しいのに……」

圭子は、電話を切って、時計を見た。

いつもいつも、何かある度に、祐子の所へ電話してしまう。甘えてはいけない、と思うのだが、つい……。

あまりに、祐子がいい人であり過ぎるのかもしれない。それも分っていて、圭子はつい祐子に助けを求めてしまうのだ。

もちろん——常識的に考えれば、まだ帰りが遅いと心配するような時間でもない。成田は小さい子供じゃないのだ。

ただ、本当なら、昼ごろには帰っているはずで……。今日は朝から出かけていたのである。

「昼過ぎに帰るよ」

と、出かける時に言った。

「お昼《ひる》食、家で食べる？」

と、圭子が訊くと、

「そうだな」

と、成田はちょっと考えて、「何か、旨《うま》いものがあるのか？」

「何もないけど」

「お前はいるんだろ？」

「もちろん、いるわよ」

成田はそれを聞くと、ニヤリと笑って、

「じゃ、一番旨いものがあるんだ。帰って来るよ」

と、言った。

「何言ってるの」

と、圭子は苦笑しながらも、楽しかった……。

そして——もう夕方である。

何か用事ができた、ということは考えられる。翻訳の仕事のことで、人に会いに行ったので、つい話が長引くということも。

しかし、何の連絡もない。それが、圭子を不安にさせた。

成田も、圭子が心配することを、よく承知している。何の連絡もせずに、こんなに帰りが遅くなるというのは、妙だった……。

電話の一本ぐらいかける時間は、どこにいても取れるだろう。——何かあったのではないか。

いつになく、圭子は苛立《いらだ》っていた。やはり、妊娠から来る、不安定な気分のせいもあったのかもしれない。

部屋の中は、次第に暗くなって来た。——圭子は、明りを点《つ》けなかった。

明りを点けない内は、「まだ早い」と自分に言い聞かせようとするかのようだった。

電話が鳴り出す。圭子は、それを待っていたはずなのに、飛び上るほどびっくりした。

「——はい。——もしもし」

耳を澄ましたが、向うは何も言わない。「もしもし？　——あなた？」

プツッと電話が切れた。

何だろう、今のは？

受話器を戻して、圭子は、ますます不安が高まるのを感じていた。

もちろん、ただの「間違い電話」で、謝りもせずに切ってしまうこともある。しかし、よりによって、こんな時に？

今の電話がもし、成田からだったとしたら……。危険が迫っていて、あるいは、追われていて、声が出せなかったのかもしれない……。

「出よう」

と、口に出して、圭子は言った。

今の電話が、もし、圭子が家にいることを確かめるためのものだったとしたら、家の中にいるのは危い。

急いで仕度をし、圭子は、玄関へ行った。

バッグに、あるだけの現金を入れてある。——万一、そのまま逃亡することになった場合のためだ。

そう。——もし、成田が帰って来たら。

もう一度上ると、メモに、〈ちょっと出かけます。K子〉と書いて、目立つようにテーブルの上に置いた。

〈K子〉と書くのは、この手紙を警察の人間に発見された時、名前が分らないようにするためである。「圭子」と「K子」で、音は同じなので、人目につくかも知れない連絡では、いつも、そう書いていた。

圭子は、家を出た。——玄関の鍵をかけ、足早に歩き出してすぐに、家の中で電話が鳴り出していた……。

祐子は、少々落ちつかない気分で、電話を切った。

——誰も出ない、っていうのは、どういうことだろう？

千晶を迎えに行って、戻って来てすぐにかけてみたのだが……。

さっきの電話での圭子の声は、いやに不安げであった。祐子も、千晶のことがなければ、もっと詳しく話を聞いてやったのだが。

「待ってみます」と言っていたのに、出かけてしまったというのは……。

祐子は肩をすくめた。

勝手な想像ばかりしていても仕方ない。何かあれば、向うから連絡して来るだろう。

ともかく、夕食の仕度にかかることにした。

岩井は、成田たちのいる所を知らないはずなのだから、心配はない。——祐子はそう自分へ言い聞かせた。

それより、夕ご飯。——そうだわ、今日から何日間か、丸山と今日子が転り込んで来るのだ。

食事の量を考えなくては。そんなに材料はあったかしら？

お肉でも、買って足しておかないと足りないかもしれない。

冷蔵庫を覗《のぞ》いていると、電話が鳴るのが聞こえて、祐子は、あわてて飛んで行った。

「——はい、もしもし」

「あ、奥さんですか」

成田の声だ。——祐子はホッとした。

「良かった。帰ったのね」

と、祐子が言うと、成田はけげんな口調で、

「家に、ですか？　どうしてです？」

「いえ——だって、家からかけてるんじゃないの？」

「いいえ」

「圭子さんが心配して、さっき電話して来たのよ」

「そちらへ？　いつごろですか」

「さあ……。三十分くらい前かしら」

成田が黙ってしまったので、祐子は、「——どうしたの？」

と、訊いた。

「今、家へ電話したんですが、誰も出ないんです」

「そう。——でも、あなたは無事なのね」

「それが……。実は、外を歩いていて、突然胃が痛み出しましてね」

「ええ？」

「胃けいれんだ、と言われましたが、ともかく、猛烈な痛さで……。気を失いそうになって、幸い、すぐ近くに病院があったんで、駆け込んだんです」

「まあ」

「痛みがなかなかおさまらなくて……。鎮痛剤を射ってもらったら、何だか半分眠ってるような、ボーッとした状態になってしまって」

「で、今まで？」

「ええ。気が付いたら、こんな時間で。圭子が心配してるだろうと思ったんです。昼に帰る、と言って出て来たもんですから」

「それで、家へ電話して来たわけ。でも、今、留守っていうのは変ね」

「ええ。それで、ちょっと気になったんで、そちらへ……。でも、ともかく、一旦《いったん》帰ってみますから」

「そうして。――主人が帰って来るといけないから、また後で、こっちからかけることにするわ」

「お願いします。じゃ――」

岩井が、祐子の所へやって来て脅《おど》して行ったことを、話す暇がなかったが、それは後にしよう。

ただ、圭子が家にいない、というのが気にかかる。――焦《あせ》って、何か早まったことをしなければいいけど。

台所へ戻ろうとすると、玄関のチャイムが鳴る。

まさか、岩井が？　それとも……。

用心しながら、玄関の方へ出て行くと、

「お姉ちゃん！」

今日子の、元気のいい声がした。

「――何よ、どうしたの？」

と、ドアを開けると、

「うん。さっき、うちの旦那へ電話して、聞いたの。近かったから、私は直接来ちゃった」

「何だ。いやに早いと思ったわ」

と、祐子は笑って、「入って。――でも、泊るのなら、何かいる物もあるんじゃないの？」

「旦那が持って来るわよ、パジャマとか、下着とか。それ以外は、お宅のを使うから」

と、今日子は上って、「これ、すき焼用のお肉」

「へえ、気が利《き》く」

「五人で充分食べられるだけ買って来たからね」

「良かったわ。今、買い足しに出ようか、と思ってたとこ」

「でしょ？　――これ、レシート」

「え？」

「お財布から出していい？」

　変だと思ったのよね。――祐子は、ため息をついたのだった。

30　すき焼の席

「無茶言わないでよ」

　と、晃代《あきよ》は言った。

「じゃ、いやなのか」

　と、岩井が顔を上げる。

「いやも何も……。突然、店をたたんで、どこかへ行こう、ったって、そんな簡単にはいかないわ」

晃代は、鏡の前で、化粧を直していた。

「その気になりゃ、できるさ」

布団《ふとん》に寝そべっていた岩井は、晃代の方へにじり寄って、その丸みのある腰に手を回した。

「やめて」

晃代は、苛々した声で、「――もう、お店を開けなきゃ。お腹が空いたら、何か近くで食べて来てね」

と言って、岩井の手を押しやった。

「おい――」

「久しぶりに一緒に寝たからって、昔みたいに、何でもあなたの言う通りになると思わないで」

晃代は、ピシャリと言ってやった。「今はスナックをやってて、何とか食べて行ってるのよ。オモチャみたいな小さい店だけど、私にとっちゃ大切な店なの。分る?」

「ああ」

「――あなたが逃げ出すのは勝手だけど、私はお付合いできないわ。残念ながら」

晃代は立ち上って、ドレスを着た。――もう大分古くなったが、それでも、買う時は思い切って大枚をはたいたので、見栄えはいい。

岩井は、布団にまた寝転って、昔の恋人だった、あの若くて活き活きした女と、今目の前にいる、大分太りかけた、くたびれた女とを重ね合せて見た。

いや、こいつのことばかり言えやしない。俺だって——俺の方こそ、年齢《とし》を取って、疲れているんだから……。

「あと二、三日したら、出て行くよ」

と、岩井は言った。「迷惑はかけない」

晃代は、部屋を出て行きかけた。——ここは二階。下がスナックである。

「ねえ」

晃代は、戻って来ると、「お金はどうするの？」

「入るあてはある。心配するな」

と、岩井は天井を見上げた。

「どんなお金？」

「どんな金でも、金は金さ」

「そんなことないわよ」

と、晃代は言った。「——少しぐらいなら都合するから、危いことはやめてよね」

「心配してくれるのかい」

「あんたが殺されて、死体の確認なんて、したくないからね」

「厳しいな」

と、岩井は笑った……。

「どこからお金が入るの？」

「お前が気にすることないさ」

「でも――。ま、いいわ、そこのお財布から晩ご飯の分、出して行ってね」

晃代は、部屋を出ようとして、「あ、そうだ。電話、お店の方に切りかえなきゃ。忘れるとこだった」

電話の切りかえスイッチへ手をのばすと、電話が鳴り出した。

「――はい。――え？」

晃代は眉《まゆ》を寄せた。「――あなた、誰？　――もしかして……圭子さん？」

岩井がはね起きた。

「――岩井？　――え、あの……」

晃代が戸惑っていると、岩井がその手から受話器を取り上げ、送話口を手でふさいで、

「圭子か？　成田の所の？」

「ええ。何だか――成田さんはどこにいるんだ、とか訊《き》いてるけど……」

岩井は、ちょっと眉を寄せて、考えていたが、

「――もしもし」

「そこにいたんですね。やっぱり」

「怖い声出すなよ。成田のことなら、ちゃんと無事にしてるぜ」

「あなたが――」

「まあ待て。別にどうこうしよう、ってんじゃない。俺も、ぜいたくは言わないよ、金さえ手に入りゃ、姿を消す」

少し間があった。――晃代は、わけが分らない様子で、話を聞いていた。

「いくらあればいいの？」

と、圭子は言った。

「そうだな。すぐに用意できる額は限られてるだろう。三百万でどうだ」

「いつまでに？」

「今夜中だ」

「無理です」

「いくらならできる？」

「今夜と言われても……。もう銀行も開いてないんですよ」

「そうだな……」

岩井は、少し考えて、「よし、明日でいい。ともかく、百万は用意しろよ」

「あの人は？」

「ここにはいない。当然だろ？」

「警察へ引き渡したんじゃないでしょうね」

「よせよ。警察へ渡しても、一文にもならないぜ」

「どこにいるんですか」

「安全な所さ」

「会わせて」

「そいつは――」

「お金は何とかします。あの人が無事でいるのを、確かめたいの」

「分ったよ」

と、岩井はため息をついた。「今、どこにいる？」

「そこの近く。――十五分ぐらいの所です」

「よし。じゃ、このスナックの前に来い。待ってる」

「ええ」

「一人で、だぞ」

「分ってます」

「十五分後だ」

電話を切った岩井は、ちょっと笑った。「向うから飛び込んで来てくれるとはな」

「あんた……。成田さんのこと、どうしたの？」

「知るか」

「でも——」

「何かあったんだろ。圭子の奴《やつ》、てっきり、成田が俺たちに捕まったと思ってる」

「可哀《かわい》そうじゃない。いい人なのに」

と、晃代は言った。

「自分の身が大切さ」

と、岩井は言った。「——お前、店に出るんだろ」

「ええ……」

晃代は、ちょっと不安そうに、「ね、馬鹿《ばか》なまねはしないでね」

「大丈夫だよ、俺も出かけて来るぜ」

と、岩井は腰を上げた。


「——何だか、誕生日の祝いでもやってるみたいだな」

と、皆川が、突然の「すき焼大会」（？）に面食らいながら、言った。

「にぎやかでいいじゃないの」

と、今日子は熱い焼豆腐を口に入れて、目を白黒させている。

「おい、そう焦るなよ」

と、丸山が言った。

「どっちが」

――若い二人はよく食べる。

もちろん、皆川も祐子も、それに千晶もよく食べてはいたのだが。

いつもの倍も炊《た》いたご飯が、見る見る減って行くのに、祐子は目を丸くした……。

「あ、そうだ」

と、祐子は、箸《はし》を置いて、「電話しなきゃ。忘れてたわ」

――電話の所へ行き、成田の家へかけてみる。

「――もしもし」

「あ、私よ。圭子さんは？」

「まだ連絡がないんです」

と、成田は言った。「出かけて来る、というメモはあったんですが……。どこへ行ったのか、見当がつきません」

「そう……。でも、却って、妙に動くと混乱するわ。――ね、こっちでも相談して、夜、遅くにもう一度、かけるから」

「すみません。ご心配かけて」

「いいのよ。じゃ、またね」

――成田も、初めて会ったころの、世をすねたような様子がなくなって、すっかり「大人」になった、という印象である。

祐子は、にぎやかな食卓へと戻りながら、圭子の身を案じるのとは別に、ふと心のなごむのを覚えたのだった。

31　捕われた圭子

「大丈夫。よく寝てるわ」

と、祐子は居間へ入って来て、言った。「千晶も主人もね」

今日子が声を押し殺して笑った。祐子は渋い顔になって、

「何がおかしいのよ」

と、言った。

「だって……。旦那《だんな》さんのことまで寝かしつけて来たんでしょ？　キスでもしてあげたの？」

「姉をからかう人がありますか」

と、祐子は言ってやった。「ねえ、丸山君」

「いや、僕は心から感動しているんです」

と、丸山は真面目《まじめ》な顔で言い出した。

「まあ、何よ突然？」

「何としても、ご主人に知らせず、自分だけで難局に立ち向って行こうとされる、その勇気には敬意を表します」

まるで、祝賀会のスピーチだ。

「お姉さんがどうして南極に行くの？」

と、今日子はまるで分っていない。「ペンギンと似てるから？」

「ちょっと！　何よ、その言い方は」

まあまあ、と丸山が取りなして、

「――しかし、心配なのは、圭子さんのことですね」

と、言った。

「そうなのよ。そろそろまた成田さんの所へ電話を入れてみようかしら」

「成田さんが帰らないので、心配になって、出かけたとしたら……」

「どこへ行くかしら？」

「見当がつきませんねえ。――早まったことをしないでくれるといいんですけど」

「早まったこと？」

「つまり——」

と、丸山が言いかけた時、電話が鳴り出して、祐子はギクリとした。

「成田さんじゃないの？」

と、今日子が言った。

「いいえ。ここへはよほどのことがない限り、かけて来ないはずよ」

夫が起きるといけない。——祐子はあわてて、受話器を取った。

「はい」

少し間があった。いやな感じだ、と祐子は思った。

やはり、直感は当った。

「奥さんか」

と、岩井の声。「旦那に訊《き》いてみたかい？」

「主人は——」

と言いかけて、祐子はとっさに、「ちょっと具合が悪くて、今、寝込んでるの」

ま、「寝込んでる」ことは間違いない。

「そりゃ気の毒に。大事にしな」

と、岩井は笑った。

「何のご用？」

「金のことさ、もちろん」

「主人がそんな風で、まだ話してないわ」

「こっちにゃ関係ないぜ」

と、岩井はせせら笑うように、「それによ、成田って奴――あんたの旦那がかくまってた奴だ。そいつの女房を、こっちは預かってるからな。分ったかい」

「何ですって？」

「旦那に話して、成田に連絡させるんだな。金を作らないと、女房の命は保証しないぜ」

「何てことを……」

「まあ、成田は金がないだろ。しかし、いざとなりゃ……人間、何としても金を作るもんだよ。そうじゃないか？」

「何をして？」

「強盗でも何でもさ」

「まさか！」

「ともかく、人質ってやつは、置いとくのに厄介《やっかい》だからな。その分の手数料も含めて、五百万ってことにしよう。三日以内ってのは、そのまま据《す》え置いてやる。どうだ？

親切なもんだろ」

岩井は、そう言って笑った。「ま、旦那とよく相談するんだな。じゃ、また電話するからな」

電話が切れると、

「――大変だわ」

と、祐子が言った。

丸山はそばに来て、一緒に聞いていたので、あらかた分ったようだ。

「困ったことになりましたね」

と、丸山はため息をついた。

「どうして岩井が圭子さんを……」

と、今日子が、話を聞いて、首をかしげた。

「圭子さんの方が、きっと岩井の所へ行ったんだ」

と、丸山は言った。

「どういうこと？」

「それを心配してたんです。つまり、成田が帰らないので、圭子さんは不安になった。もしかして、警察に捕まったか、それとも昔の仲間に見付かったか、とね」

「それで出かけて行って……」

「岩井の所へ連絡したんじゃないかな。岩井は、成田がいかにも手中にあるようなことを言って、圭子さんをおびき出した……」

「ずるいわ、そんなの」

と、今日子が怒っている。

「困ったわね」

と、祐子はため息をついた。「圭子さんの身の安全が第一だし」

「ともかく、このことを、まず成田さんへ知らせてやることです」

「あ、そうね。うっかりしてたわ」

「でも、そんなこと知ったら、成田さんまでが、のこのこ出て行っちゃうんじゃないの?」

「その心配はあるけど、夫だよ。知らせないわけにはいかない」

「そりゃ分ってるけど……」

「ともかく電話するわ」

と、祐子は受話器を取り上げた。

圭子は、ゆっくりと息をついた。

何と馬鹿なことをしてしまったのか。——岩井が、祐子にかけている電話を隣で聞いていて、胸が痛んだ。

私が、とんでもない早とちりをしたばっかりに、こんなことになってしまった……。

「――おい、どうだ」

と、襖《ふすま》が開いて、岩井が入って来る。「腹が減ったか。今、晃代の奴が、何か作って持って来るさ」

圭子は、両手を縛られて、柱によりかかっている。

岩井のような男一人、少々けがをする気でいれば、逃げられないこともなかった。

しかし……。

「あなたも、落ちるところまで落ちたのね」

と、圭子は言った。

「なに、少なくとも生きてるからな」

と、岩井は笑って言った。「成田だってそうだ。生きてて、しかも自由だ。刑務所へ入りゃ、もうおしまいさ」

「あなたは入ることないんでしょ」

「まあな。――確かに、俺は警察と仲良くしてる。これも人生ってやつさ。誰だって、人間は多少、人を泣かせて生きてるんだ。なあ？」

「私は、自分で泣いて来たわ。夫もよ」

「俺は笑う方が好きさ、他人が泣いてもな」

下のスナックから、晃代が上って来た。

「――おつまみみたいなもんだけど」

「俺は何か弁当を買って来る。金は？」

「そこのお財布」

「スナックは？」

「もう閉めたの。頭痛がする、と言って」

「そうか。じゃ、すぐ戻るぜ。よく見ててくれ」

岩井が、狭い急な階段を、駆け下りて行く。

晃代が、圭子のそばへやって来て、

「食べる？　私が作ったの。一応、お客に出すと評判がいいのよ」

圭子は、少しためらってから、

「いただくわ」

と、言った。

「じゃ、食べさせてあげる。――ごめんなさいね。手の縄《なわ》をといてあげるわけにはいかないの」

「分ってるわ」

と、圭子は言った。「――おいしいわ」

「そう？」

晃代は嬉《うれ》しそうに言った。「もっと食べてね。あなたも、ずいぶん頑張《がんば》るわねえ」

「人のおかげよ。人間、一人じゃ生きていけない。最近、そう思うようになったわ」

「そうね……」

晃代は、ふと目を伏せて、「私も――あんな、岩井みたいな男、放っときゃいいと思うんだけど……。何だかね、つい――」

「分るわ。でも、やっていい最低の線があると思うの」

と、圭子は言った。

「そうね。――あの人が逃げても、私はここに残るつもり。もちろん、少しは未練もあるけど、ここでついて行ったら、また元の生活に逆戻りだもの」

と、晃代は言って、「あなた、ずっと成田さんについて行くつもり？」

「ええ」

と、圭子はためらわずに言った。

「そう……」

「お腹に、あの人の赤ちゃんがいるの」

晃代はそれを聞いて、目を見開いた。

「産むつもりなの？」

「そのつもりよ。承知で作ったんですもの」

晃代は、じっと圭子を見ていたが、

「——驚いたわ。でも、逃げるのに不便でしょう、何かと」

「そのために捕まっても、悔まないわ」

「成田さんも、同意したの？」

「喜んでるわ。張り切って、働いてる」

「そう……」

晃代は、何かじっと考え込みながら、そう呟《つぶや》いた。

32　深夜出動

「そうですか」

成田は、祐子の電話にも、さほどびっくりした様子ではなかった。

「でも、圭子さんは別状ないと思うわ。あなたも、思い詰めないでね。こっちは知恵を出し合って、いい方法を捜してるから」

と、祐子は言った。「分った？——成田さん」

「いい？　勝手に妙なことをしないでよ。いいわね」

「はい」

「分ってます」

と、成田は言った。「ともかく、お金が都合できるかどうか――」

「あなたには無理よ！　貯金もないんだから！」

と、祐子は強い口調で言った。「分った？　勝手に行動しないで。いいわね」

「よく分ってます……」

と、成田は言ったが――。

電話を切ると、祐子は息をついて、

「あんまり、あてにならないわね」

と、言った。

「自分で金を作る、と？」

「その気でいるらしいけど」

「お金なんて、ないんでしょ？」

「もし、どうしても、となったら――」

「何なの？」

丸山は、手をピストルの形にして、ぐいと今日子の胸に突きつけた。

「——強盗？」

「その心配があるわ」

と、祐子も肯いた。「ともかく、三日あるんでしょ。何とかうまい方法を……」

「明日、成田さんの家へ行きましょう」

と、丸山は言った。「直接会って話せば、向うも冷静になるでしょうし」

「そうね」

と、今日子が肯いた。「じゃ、もう寝る？」

「そうね、今日は遅いし、疲れてるわ。早く寝て——」

祐子は、丸山と今日子を眺《なが》めて、「ま、あんまりこっちを刺激しないようにしてちょうだい」

「何よ」

と、今日子は少し赤くなったりした……。

祐子は、夫が静かな寝息をたてているのを確かめてから、ベッドに入った。

もう大分遅い。——眠気は、すぐに訪れて来るはずだったが……。

圭子が、あの岩井という男に捕えられていることを考えると、辛《つら》くて、なかなか眠れないのだった。

成田だって、そうだろう。

きっと――。何としてでも、圭子を助けようとするに違いない。

でも……。どこにいるのかも分らないのだから、助け出しようがない。

本当に、可哀そうな圭子さん……。しばらくの辛抱よ。きっと助け出してあげる。

あなたも、お腹の赤ちゃんもね……。

やっとウトウトし始めた祐子は、突然パッと目を見開いた。

そうだわ。もしかしたら――。

ベッドから出て、急いで、丸山たちが寝ている部屋へ。もしかしたら、二人の邪魔をすることになるかもしれないが……。

ところが、祐子が廊下に出ると、当の丸山も、廊下へ出て来たところだったのである。

「あ、お義姉さん」

「丸山さん。ちょっと思い付いたことがあって」

「僕もです」

今日子も、少しふくれっつらで、出て来る。

「ともかく居間へ」

と、低い声で祐子は促した。

──居間の明りを点けて、

「今、思ったの。圭子さんが、岩井に会いに行ったとして、どこへ行くかって」

「僕もです。たぶん、彼女は、例の女のやっているスナックに行ったんじゃないでしょうか」

「私も同感よ」

「もし、そこに圭子さんが監禁されているとしたら……」

「成田さんは、そこを知ってるんじゃないかしら」

「そうですね。しかし──」

「何なの？」

「もし、騒ぎになって、警察が来たら？」

「──そうか」

祐子は肯《うなず》いて、「成田さんがいると、まずいわね」

「ここは、僕らだけで行動しましょう」

「スナックの電話は分ってたわね。でも、場所は？」

「待って下さい。あの電話番号、僕の友だちの一人のとこと、近いんです」

丸山は、電話を一本かけた。──こんな時間に、と祐子は思ったが、すぐに相手は出たらしい。

「——丸山だよ。——うん、ちょっと訊きたいんだけどさ、お前の家の近くにスナックで、〈A〉って店、あるか？　——知ってる？　そうか。近いか。——うん、すぐ行きたいな。——いや、店は閉ってても構わない。急用なんだ」

祐子は、すっかり目が覚めて、じっと電話の声に聞き入っている。

「——うん。お前、車で出て来いよ。——そう。いや、今、今日子の姉さんの家なんだ」

場所を説明して、丸山は、「——じゃ、待ってる。三、四十分だな」

「大丈夫なの？」

と、祐子は呆れて言った。

「いいんですよ」

と、丸山は電話を切って、言った。

「でも、こんな時間に」

「どうせ、決った時間に起きるとか、してない奴ですから。車で走るのが好きな男なんです」

祐子は、ちょっと笑って、

「あなたのお友だちって、変った人が多いのね」

と、言った。

「じゃ、僕は仕度して、行って来ます」

「私も行くわよ」

「でも、危いかもしれませんよ」

「この年代の女は強いのよ。フライパンでも持ってって、ぶん殴ってやるわ」

と、祐子は言った。「今日子は、留守番しててね」

「いやよ」

と、口を尖《とが》らし、「絶対に行く！」

「でも、それじゃ――」

「旦那さんがいるわよ、ここには」

「そうか」

と、祐子は言った。「忘れてた」

皆川が、夢の中でクシャミをしていたかどうか、定かではない。

ともかく、たった十分ほどの後には、三人とも、出かける仕度をして、居間に集まっていた。

「――夜中に、主人が目を覚ましたら、びっくりするでしょうね」

と、祐子は言った。

「集団夜逃げね」

と、今日子はすっかり面白がっている。「ね、何か武器は？」

「変なもの持つと、却《かえ》ってけがするよ」

と、丸山は言って、「表に出ていましょうか。車の音で、ご主人が目を覚ますと困るでしょ」

――三人は、物音をたてないように、そっと家を出た。

妙な光景である。

祐子が、そっと鍵《かぎ》をかける。――これでよし、と。

「あれ、早いな」

と、丸山が言った。「もう来ましたよ」

ゴーッとエンジンの音がして……。祐子は目を丸くした。

走って来て、三人の前で停《とま》ったのは、目をみはるほど大きなトラックだったのである。

33　混乱

「ねえ」

と、晃代が言った。

「うん……」

岩井が半分寝入ったままで、言った。

「何だよ……」

「いくらいるの、お金？」

岩井は、目を開けて、

「何だ、突然？」

と、言った。「——寝言か？」

「眠っちゃいないわよ」

晃代は、薄暗い部屋の天井を、じっと見つめていた。「いくらあれば逃げられるの？」

「そりゃ、いくらでも。多きゃ多いほどいい」

岩井は寝返りを打って、「そんなこと訊いて、どうするんだ？」

晃代は、天井を見上げたまま、言った。

「このスナックを欲しがってる人がいるの。未亡人でね。小金をためてるけど、何かやってないと、ぼけちゃいそうだし、って……。喫茶店ぐらいなら、そう体もきつくないし。売ってくれないか、って言われてるのよ」

「ふーん」

岩井は意外そうに、「しかし、お前、ここは絶対に手放さない、って言ってたじゃないか」

晃代は、ゆっくりと頭を、襖の方へめぐらせた。あの向うに、圭子が縛られたまま、眠っているのだ。

「あの人を帰してあげて」

と、晃代は言った。

「何だって？」

「あの人――妊娠してるのよ」

「あいつが？」

岩井が目を見開いて、「どうして始末しなかったんだろう」

「ほしかったんですって、自分たちの子供が。――勇気があるわ」

「センチメンタルなだけさ。成田の奴も知ってるのか」

「もちろんよ」

「そいつはいいや。ますます、圭子を取り戻したいと思うだろうからな。そのためなら、銀行強盗だってやるかもしれないいや」

「そんなこと、よして」

と、晃代は、体を起こして言った。「ね、圭子さんを帰してあげてよ。このスナック、きっと五百万ぐらいで売れるわ。それを持って、どこかへ行きましょう」
岩井は、ちょっと笑って、

「急に仏心が出たのか？　俺と行くのはいやだと言ったはずだぜ」

「ついて行くわ。あの人を帰してくれたら」

と、晃代は言った。「そうしてほしくないのなら、残るし。あなたはお金だけ取って、行けばいいわ」

「ごめんだな」

と、岩井が起き上って言った。

「どうして？　――同じお金じゃないの」

「同じじゃない」

と、岩井ははねつけるような言い方で、「成田の奴から絞り取ってやるんだ。それだから価値があるんだ」

「あなた……」

「あいつ一人、いい子になりやがって！　許せないんだ」

と、岩井は吐き捨てるように言った。

「――あなたが許せないのは自分なのよ」

と、晃代は言った。

「自分が後ろめたいから、成田さんを自分の所まで引きずり下ろしたいんだわ」

岩井がいきなり平手で晃代の頰《ほお》を打った。晃代が声を上げて横に倒れるほどの勢いだった。

「何だと？」

「分ったような口をきくな！」

と、岩井は言葉を叩《たた》きつけた。「お前なんかに、何が分るんだ！」

荒い息づかいだけが、聞こえていた。

「――やめて」

晃代は、岩井が胸元に手をこじ入れるのを、押し返そうとした。「いやよ。――隣にあの人が――」

岩井は、晃代を組み敷くと、ネグリジェを引き裂くようにはぎ取った。そして、苦しげなうめき声を上げながら、晃代の上にのしかかって行った……。


圭子は、眠りかけていたところを、岩井の平手打ちの音でハッと目覚めた。

横になっている内に、手首の縄が食い込んで痛んだ。

手をつかずに体を起こすのは、容易ではない。しかも、無意識に下腹をかばっているので、余計だった。

何とか起き上ると、隣室の気配で、何が起こっているのかを察した。——可哀そうに。

岩井に対しては、怒りもあったが、同時に哀れだとも思った。

もちろん、成田や自分のやって来たことも、果して正しかったものなのかどうか、問われれば自信はない。しかし、少なくとも、その時点で正しいと信じたことに、命を懸《か》けて来た。

後になって、悔むかもしれないが、やったことの責任を、自分で負う覚悟はある。

しかし、岩井は自分の考えで、方向を変えたわけではない。力に屈したのだ。

その思いが、成田や圭子への憎しみになっている。

今、力ずくで晃代を犯しているのも、楽しみのためでなく、まるで自分を苦しめたいかのようだ……。

——やがて、晃代が短く声を上げて、隣室は静かになった。

それから——どれくらいの時間がたっただろうか。

襖が開いて、晃代が入って来た。

晃代は黙ってかがみ込むと、圭子の手首の縄をといた。——圭子は、何も言わなかった。

晃代は、それなりに覚悟を決めて、圭子を逃がそうとしているのだ。ためらっている場合ではない。

手首が自由になると、こすれて血の出ているところを、圭子はちょっとなめた。それから晃代の手を、固く握った。

握り返して来る感触がある。――その手は温かかった。

晃代は、先に立って、眠り込んでいる岩井のそばを忍び足で通り、圭子を手招きした。

ずっと縛られて座っていたので、圭子の足はしびれていた。思うように動かないのを、必死で操るようにして、進んで行く……。

「階段が急よ」

と、晃代が囁《ささや》いた。「行って」

圭子は肯いた。

その時――パッと明りが点《つ》いた。

ハッと二人は息をのんだ。

「――晃代」

岩井が、立ち上っていた。「俺の言うことが聞けないのか」

「あんたのためよ」

と、晃代は言い返した。

「何を言ってやがる！　そいつを連れ戻して縛りつけろ」

「いやよ。――圭子さん、行って」

圭子はためらった。岩井が晃代をどうするか――。

「行ってみろ。その顔に、目印をつけてやる」

岩井の手に、ナイフが握られていた。

「何するの！」

晃代が、こらえ切れなくなったように叫んで、「この馬鹿《ばか》！」

と、岩井に飛びかかった。

「離せ！」

岩井が、晃代を振り離そうとした。

「それを捨てて！」

「やかましい！」

二人がもみ合ってよろけた。敷いてある布団《ふとん》に足が絡まる。

岩井と晃代が折り重なって倒れた。アッ、と短い声が上る。

――圭子は、動けなかった。

不吉な予感が、圭子の足を、釘《くぎ》づけにしていた。

岩井が、よろけるように立ち上る。――晃代は、立ち上らなかった。

晃代の腹に、赤く、血が広がって行く。

「刺したのね！」

と、圭子は叫んだ。「人殺し！」

「うるさい！」

岩井が、汗で顔を光らせながら、血に汚れたナイフを、突きつけた。「おとなしくついて来るんだ！」

「どこへ行くつもり？」

「黙ってろ！」

岩井は、ジャンパーを引っつかんだ。「来い！」

「待って！　晃代さんを――」

「もう死んでる」

「そんなこと分らないでしょ！　救急車を、せめて――」

「お前が死ぬことになるぞ、それ以上つべこべぬかすと」

ナイフの刃先が、圭子の胸元へ伸びた。「それと、お腹の赤ん坊もな」

圭子は、青ざめた。

「――下りろ。ここを出るんだ」

圭子は、先に立って、階段を下りた。スナックの狭い店内を通って、表に出る。

「いいか、妙なまねすると、命はないからな！」

と、岩井は言った。「歩くんだ！」

二人が歩き出したところへ、

「岩井」

と、声がした。

振り向いた圭子は、足が震えた。

――成田が、立っていたのだ。

34　救急トラック

「あなた――」

「いいか！　こいつのことを生かしときたかったら、金を作れ」

岩井は、ナイフを圭子の腹につきつけた。

「――貴様はクズだ」

と、成田はじっと岩井をにらみつけた。

「だから何だ？　どうせ、俺たちは負け犬だぜ」

「あなた」

と、圭子は言った。「晃代さんが刺されて死にそうなの」

「何だって？」

「早く手当を。――私は大丈夫」

「いいか。こいつとお腹のガキの命が惜しかったら、金だ。いいか！」

「――分った」

と、成田は肯いた。「いいか、圭子に傷一つでもつけてみろ、生かしちゃおかないぞ」

「強がりを言うな。――来い！」

岩井は、圭子の腕をつかんで、小走りに歩き出した。

「圭子。必ず助けるからな」

と、成田が呼びかける。

「晃代さんを早く！」

と、振り返りながら、圭子が叫ぶ。

「急げ！　ついて来るなよ！」

と、岩井は怒鳴った。

成田は、震える拳《こぶし》を固く握りしめて、圭子が岩井に連れ去られるのを見送っていた。

「――成田さん！」

と、声がした。

バタバタと足音がして、祐子たちが駆けつけて来たのだ。

「奥さん。圭子が今、岩井の奴に……」

「今、あっちへ走ってったのが？」

「僕が追いかける」

と言うと、丸山が駆けて行った。

「——そうだ。岩井が、女を刺したって」

「ええ？」

「たぶん、この二階でしょう」

成田と祐子は、スナックの中へ入って、二階へと駆け上った。

「——何てことしたんだ！　あいつ！」

成田は、ぐったりしている晃代の上にかがみ込んだ。

「ひどい出血……。もう——だめ？」

血まみれの女が倒れてる、なんて光景を目の前にして、祐子は自分が失神しないのが不思議だった。

「——どうしたの？」

と、今日子が上って来て覗《のぞ》くと、「キャッ！」

と、飛び上った。

「まだ脈がある」

と、成田は言った。「早く病院へ――」

「じゃ、血をともかく止めないと」

何かしている方が、却って冷静になれる。祐子は、シーツを裂くと、晃代の体に強く巻きつけた。

たちまちシーツが血に染って行く。

「運び出しましょう」

と、成田が言った。「救急車じゃ間に合わない」

「そうね。今日子、あんた、足の方、持って！」

「う、うん……」

今日子も、目をパチクリさせながら、晃代の足をかかえ上げた。

――狭い階段を何とか運び下ろすと、丸山が息を弾ませながら、顔を出した。

「見失いました。――すみません」

「丸山さん、この人を病院へ。岩井に刺されたのよ」

と、祐子が言った。

「分りました。じゃ、あの車で」

実際、丸山は何を聞いても、びっくりするということがないようだ。

広い通りへ出ると、成田は大型トラックが停っているのを見て、目を丸くした。

「――おい！」

と、丸山が運転席の友人に、呼びかけた。

「次はどこへドライブだ？」

と、のんびりした友人が訊く。

「重傷のけが人だ。病院へ大至急」

「分った。じゃ、そこの毛布を下へ敷いてから寝かせてくれ。揺れるからな」

「揺らすな」

「無茶言うな」

――さすが、丸山の友だちだけのことはあって（？）、突然、血だらけの女性が運び込まれても、大してびっくりした様子もなく、

「ああ、このスナックのママじゃないか、可哀そうに」

と、顔をしかめた。「誰がやったんだ、こんなこと」

「いいから、どこかこの近くの病院に」

と、丸山が言った。「今日子、君らは来ない方がいい」

「どうして？」

「巻き込まれると厄介だろ。義姉さんの所に帰ってろよ」

祐子も、肯いて、

「それがいいわ。成田さんも、一緒に行っちゃだめよ」

と、言った。「丸山さん、悪いけど、お願いするわ」

「ええ。こいつが彼女のことを知ってるわけですから、何とか言いわけしますよ」

丸山は、「乗り込んでドアを閉めた。

トラックが動き出し、すぐにびっくりするほどのスピードで、走り去って行った。

「――成田さん」

「すみません。とんでもないことになっちまって」

成田は、息をついた。「岩井の奴！　殺してやりたい」

「落ちついて。きっと圭子さんは無事に取り戻せるわ。今は、あなたが早まったことをしないのが第一よ」

「ええ……」

成田は肯いて、「あいつ……。自分がナイフをつきつけられてるのに、晃代のことばかり心配してた」

と、言った……。

「そこが圭子さんのいいところよ。――さあ、一旦《いったん》帰りましょう。きっとまた岩井から連絡があるわ」

「奥さんたちを、とんでもないことに巻き込んじまいましたね」

「いいのよ。これも人生経験」

と、祐子は言って、成田の肩を軽く叩いた。「――ちょっと物騒な経験だけどね」


「おい」

と、皆川は言った。「何だ欠伸ばっかりして」

「え?」

祐子はトロンとした目で、夫を見て、「ああ……。そうね、ちょっと寝不足なの」

「そうか。――ゆうべ、遅くまで起きてたのか?」

「そうでもないけど」

と、祐子は言って、「ちょっと寝そびれたのよ」

「ふーん」

朝食を取っていると、丸山がヌッと顔を出した。

「あ、おはようございます」

「やあ。――何だ、君も一晩中起きてたって顔だぜ」

「そうですか……」

アーア、と丸山も大欠伸。

「お姉さん、コーヒーちょうだい」

と、今日子がやって来て、「目が開かないの……」

また、大欠伸。

――どうなってるんだ、今朝は？　皆川は一人で首をかしげている。

皆川が出勤して行くと、丸山がコーヒーを飲みながら、

「あの女性、助かりそうですよ」

と、言った。

「まあ良かった。でも、警察に何か訊かれなかった？」

と、祐子が訊く。

「僕の友だちが、あの女性と知り合いで、突然電話がかかって来たことにしたんです。『昔の男につきまとわれて、怖い』ってね。で、様子を見に行って、彼女を発見した、ってことに――」

「それで通した方が良さそうね。――ね、あなたたち、ゆっくり寝たら？　こんなに早く起きることないわよ」

「うん。これから寝るの」

と、今日子はコーヒーを飲み干し、立ち上ると、「さ、行こう」

と、丸山の手を引張った。

「うん……」

「お姉さん」

「なに?」

「しばらく、二階に来ないでね」

今日子が、フフ、と笑って、丸山を引張って行く。――祐子は呆《あき》れて、

「元気ねえ」

と、呟いたのだった……。

35　悪い夢

果報は寝て待て、とか言うが、祐子がこの日、昼過ぎまでソファでのんびり居眠りしていたのは、棚《たな》からボタモチでも落ちて来ないか、と思ってのことでは、もちろんなかった。

何といっても前の晩に、成田圭子を助け出そうとして、大追跡戦(というほどでもないが)をくり広げたりしたので、絶対的な寝不足。――二階で寝ようにも、妹の今日子が亭主と二人で、

「ドント・ディスターブ」

　では、下のソファで寝るしかなかったのである。

夫を送り出し、朝食の後片付けをしていても、眠くて仕方ない。——自然の流れに

は逆らっちゃいけない、というのがモットーの祐子、片付けを途中のまま、ソファで

眠り込んだのだった。

　ま、ほんの一時間も寝りゃ、自然に目が覚めるでしょ、と軽い気持で目をつぶった

のだが……。

　夢、と分っていて夢を見ていることがあるものだ。

　目を開いたが、祐子は、すぐにそれが夢だと分った。だって、周囲は真暗で——た

とえ夜中まで寝てしまったとしても、こんな風に、墨でぬりたくったような闇《やみ》になる

はずがない。

　誰かが、台所の流しに向って、立っている。台所も流しも見えないのに、その女が

朝食の、後片付けをし残した茶碗《ちゃわん》を洗っているのは、なぜだか、すぐに分ったのだ。

　半ば背中を向けてはいたが、その女は圭子のようだった。

「圭子さん」

　と、祐子は声をかけた。「いいのよ、そんなことしなくても。後で私がやるから。

——ね？」

「でも、少しはご恩返しをしたいんですもの」

と、圭子は答えた。

「何言ってるのよ。そんなの、あなたが赤ちゃんを産んで、また動けるようになってから、してくれりゃいいのよ」

「そんな時間はありませんもの」

圭子は、茶碗を洗い終ったらしい。「——水を切るだけで、拭《ふ》く時間がなくて、すみません」

「いいけど……。どこかへ行くの？」

「ええ……」

圭子はエプロンを外して、祐子の方へ向いた。——お腹は、もう臨月といってもおかしくないほど大きくなっている。

「まあ。もうすぐね」

と、祐子は微笑《ほほえ》んだ。

圭子は、しかし何だか青ざめた顔で、そこへ座ると、

「奥さんには、本当にお世話になりました。何とお礼を申し上げていいか……」

と、頭を垂れた。

「何よ、改まって」

と、祐子は笑って、「もっと元気を出さなきゃ」

「いいえ。本当に申し訳ないことばっかりで。その上、こんなことをお願いするなんて……」

「お願いって？」

「この子を」

と、圭子はお腹に手を当てると、「どうかよろしくお願いします」

「お願いします、って……。あなたが母親なのよ。しっかり育ててあげなきゃ」

「私はもう行かなくてはなりません」

と、哀しげな響きの声になって、「でも、この子は、まだお腹の中にはいますが、もう生きています。──遠くへ行くのは私だけで充分です。この子を見ずに行くのは、心残りですけど、奥さんがこの子をみてくださっていると思えば、きっと私はあっちの世界でも、安心していられます」

「あっちの？　──それは……刑務所ってこと？」

「いいえ」

と、圭子は首を振った。「行けば二度とは戻って来られないところです」

そして、祐子の耳には聞こえない鋭い笛でも聞いたかのように、ハッと振り向く。

「呼んでいます。──もう行かなくては」

「圭子さん！　だめよ。死んだりしちゃいけない！」

「時間がありません。──奥さん、どうかよろしく」

圭子が立ち上った時、お腹のふくらみが静かに下りて来た。それは闇の中で淡く白い光を放つ赤ん坊だった。

しかし、その子が見えた時、すでに圭子は祐子に背を向け、歩き出していた。

「圭子さん！　待って！」

と、祐子は手をのばした。

すると──それに応《こた》えて手を差しのべたのは、圭子でなく、赤ん坊の方だったのだ。

圭子は、寂しげな後ろ姿を見せて、どんどん闇の奥へと小さく消えて行く。

赤ん坊が精一杯伸ばして来る手を、祐子はつかんだ。──柔らかく、あたたかく、そして生命力に溢《あふ》れた手だった。

「圭子さん──」

と、祐子は呟いて……。

「どうしたの？」

──今日子の声。

祐子はハッと目を開いた。何だかずいぶん時間がたっているような気がした。

「夢を見てたの……」

と、起き上って、祐子は息をついた。「あら、今日子。もう起きたの？」

「昼過ぎよ」

「え？　――いやだ、ちょっとウトウトするつもりが！」

祐子は頭を振った。「丸山君は？」

「まだ寝てる。少し疲れたんと違う？」

と、今日子はアッサリ言ってのけ、「お腹空かして、その内、目を覚ますわよ。そしたら、エサを求めて下りて来る」

「熊《くま》みたいね」

「圭子さんの夢、見てたの？　――あ、コーヒーあっためてるの。飲む？」

「そうね。ブラックで。ああ、何だかいやな夢だった」

ダイニングの椅子《いす》に腰をおろして、祐子は頭を振った。

「どんな夢？」

と、今日子がコーヒーをカップへ注ぎながら訊く。

祐子が話してやると、今日子は真顔で、

「それ、もしかしたら未来予知かもしれないね。そういう能力、あったの？」

「あるわけないでしょ」

と、祐子は渋い顔で言った。「いやよ、あんな夢が当ったりしちゃ」

「そりゃ私だって、そう思ってるわ。——ま、それに圭子さんはまだ出産まで間があるし」

「そうよ。あんないい人が死んだりしちゃいけないわ」

と、祐子は言った。

「だけど……。ねえ、これからどうするつもり？」

そう訊かれると、祐子も困ってしまう。

あの岩井という男が、果してどこへ圭子を連れ去ったものやら、見当がつかない以上、悔しいが、岩井から連絡して来るのを待つしかない。

「岩井は当然、お金と引き換えでなきゃ、圭子さんをよこさない、と言うでしょうね」

と、祐子は考え込んで、「でもねえ……。五百万円なんて、どこを捜したって、ありゃしないし」

「そうね。現金ですぐに五百万っていうのは」

そうなのだ。——もちろん、祐子だって、その気になれば、この家を抵当に入れるとかして、五百万の金を作れないことはない。圭子のために、それぐらいのことをしてやっても、後悔はしないだろう。

しかし、現実には、そんなローンを組めば、お金が出るまでに何日もかかるし、夫に知られずにはすまなくなる。

　ここまで来ても――いや、せっかくここまで夫に知らせず頑張って来たのだから、何とか、やり抜きたいという気持は、祐子の中に根強く残っていた。もちろん、他に手の打ちようがなければ、圭子の命がかかっているのだし、夫にすべてを打ち明けるしかないが……。

「おはようございます」

　ヌーッと現われた丸山に、祐子はびっくりして飛び上りそうになった。

「――お腹空いたでしょ」

と、今日子が立ち上って、「何か作ろうか。それとも、お弁当でも買って来る？」

「うん。何でもいい」

　丸山というのは、欲のない男なのである。「――それより、ワインの少し高いのがないかな」

「ワイン？　飲まないくせに」

「うん。しかし、必要なんだ。この作戦に」

　トロンとした目で、丸山は言った。

「また何か思い付いたのね」

と、祐子は手を打って、「いいわよ！　何万円のワイン？　どこの何年もの、とかご指定は？」

「いや、高いったって、一万円も出しゃ充分です」

と、丸山は言った。「それを——奮発して三本、かな」

「分ったわ。デパートででも買って来た方がいいわね」

祐子は急いで仕度をした。

「——何をするの？」

と、今日子が訊くと、丸山は欠伸をしながら、

「コーヒー、一口くれ」

と、今日子の飲みかけを取ってガブッと飲み、息をついた。「絵かきのなりそこないの友だちを思い出したんだ」

祐子は、思わず笑って、

「丸山君の友だちって、私、大好きだわ」

と、言った。「じゃ、できるだけ早く戻って来るわね」

もちろん、丸山が何を考えているのか、祐子には見当もつかなかったのだが……。

36　時機《とき》を待つ

三回、四回、と呼出音が鳴りつづけている。

向うに誰かいる、と成田は確信していた。これは勘だ。しかし、この勘はめったに外れたことがなかった。

十回近く、呼出音が続いて、やっと向うの受話器が上った。しかし、何も言おうとしない。当然のことだ。

「成田です」

その言葉に、向うで息を呑《の》むのが分った。

「——成田か！」

「やあ、どうも」

と、成田は言った。

少し、照れている。こんな時なのに。

「ご心配かけて」

「いや、お前は大丈夫だと思ってた」

と、向うの「声」は言った。「皆川さんって人に会ったよ」

「え？」

「会社へ訪ねて。充分、用心した。心配してたぞ、お前のことを」

「すみません」

「色々事情はあるだろう。それで、どうしてるんだ、今？」

「実は——」

成田は少しためらって、「銃は手に入りますか」

少し間があった。

「何とかならないでもない。しかし、何事なんだ？」

「ちょっとけりをつけなきゃいけなくなって……」

「岩井か」

「——知ってるんですか？　そうか、皆川君に会ったんですからね」

「その後、岩井はあの人の所へは連絡していないと言ってたぞ」

「ええ。今、圭子を人質に取って、僕に金を用意しろ、と」

「何だと？　——岩井の奴！」

「他に助けてくれる人もいますが、これ以上は迷惑をかけられません」

「いや、俺たちにも責任はある」

「でも、動いちゃだめです。岩井はゆうべ、止めようとした晃代を刺したんです」

「スナックをやってた晃代か？　あんなに岩井に尽くしてたのに。——死んだのか？」

「病院へ電話しましたが、何とか助かりそうです。しかし、当然傷害で、警察が乗り出して来ます。その件で逮捕されれば、岩井は、みんなのことをしゃべって、何とか罪を軽くしようとする」

「分るよ」

「それを止めなくては。岩井を——殺すしかありません」

「いや、待て」

と、相手は言った。「君の仕事じゃない」

「人質は圭子です。それに——圭子のお腹には僕の子供もいます」

向うはしばし沈黙した。

「——分った」

と、重苦しい調子の声がした。「しかし、君一人には重荷すぎる。ばらばらになっても、まだ志だけは抱いてるつもりだ。手伝うよ」

成田の目に熱いものが灯《とも》った。

「すみません」

「岩井の居場所の見当がつくといいがな」

「考えたんですが、最近の岩井のことを知らないので」

「よし。こっちも当ってみる。いずれにしても、これで岩井は、俺たちにも警察にも、救いを求められなくなったわけだ。弱い立場だけに、追い詰めると危い。ともかく、圭子さんの安全が第一だということを、忘れるなよ」

「もちろんです」

「六時間したら、また電話しろ。その時、情報を交換しよう」

「分りました。——色々すみません」

「お互い様だろう」

向うの声は温かかった。


「——さ、食えよ」

岩井が、買って来たサンドイッチを、圭子の方へ突き出す。

「手を縛られたままで?」

「後ろ手じゃないんだ。食べられるだろ」

「分ったわ」

圭子は、食べにくそうにしながら、サンドイッチを食べ始めた。

「牛乳だ」

と、岩井が紙パックの牛乳を、傍に置いた。「赤ん坊にいいんだろ。飲めよ」

圭子は、チラッと岩井を見た。

――もう、午後三時を回っている。

二人が隠れているのは、ポンコツ車の置場の奥で、工場の塀《へい》に二方を遮《さえぎ》られて、道からは車の残骸《ざんがい》の山に隠れて、全く見えなくなっていた。

「私のことを心配してくれるの」

と、圭子は言って、「いただくわ」

素直に牛乳を飲んだ。今は意地を張っても仕方がない。

「成田の奴――ずいぶん小ざっぱりしてたじゃないか」

と、岩井は言った。「革命家にゃ見えなかったぜ」

「レーニンはやくざじゃなかったわ」

と、圭子は言い返した。

「俺はやくざか？」

岩井は、口元を歪《ゆが》めて笑った。「どう見えようと、生きのびた方が勝さ」

岩井の言葉には無理があった。少し、声も震えている。

「晃代さんを殺しても、生きのびたいの？」

圭子の言葉に、岩井はカッとしたように、

「死んだと決っちゃいねえだろう！」

と、言い返した。

圭子は、その言い方の激しさに、ハッとした。岩井は、晃代のことが心配なのだ。

命を取り止めたのかどうか、知りたくてたまらないのだ。

それ以上、圭子は晃代のことを訊くのはやめた。

「お金のことは、連絡したの？」

「ああ。これを買いに行ったついでにな」

と、岩井は、旨《うま》くもなさそうに、自分のサンドイッチを半分食べただけで、投げ捨ててしまった。「今夜三時に、金を持って来るんだ」


「――三時ですね」

と、丸山が電話の向うで言った。「分りました。待って下さい……」

向うで何やらボソボソ話している。――例の「絵かきになりそこねた友だち」の所へ行っているのである。

少し祐子が待っていると、やがて丸山が電話口に戻って来た。

「すみません、お待たせして」

「いいわよ。大丈夫？」

「何とかやれそうです。仕上げてしまえば、後は機械がありますから」

「よろしくね。――じゃ、また十二時ごろに電話するわ」

「分りました」

電話を切ると、祐子は息をついた。

「やれやれ、だわ。――うまく行くかしら」

「あの人に任せときゃ、大丈夫」

と、今日子は呑気《のんき》なものだ。

「でも……気が咎《とが》めるわ。ニセ札作りは、重罪よ」

「後で処分すりゃいいのよ。使うつもりで作ってんじゃないし」

「そりゃ分ってるけど……」

と、祐子は多少ためらっている。

「それより、旦那さんは？」

「うちの人？　まだ帰らないでしょ」

「そうじゃないわよ、今夜、どうするの？」

「あ、そうか。目を覚まされると、大変ね。――いいわ、睡眠薬をお茶へ入れてのましちゃう」

「ひどい奥さんね」

と、今日子は笑い出した。

ひどい？　――そうかもしれない。

しかし、祐子としては、この家庭を守りたいのだ。ただ、それだけなのである。

ともあれ、決着のつく時は、もう間近に迫っていた。

37　炎の中で

「時間は？」

と、祐子は訊《き》いた。

自分の時計を見りゃいいのだが、何となく丸山に話しかけたかったのである。

「二時五十分です」

と、丸山はいつもながらの、のんびりした口調で答えた。

この丸山の話し方を聞くと、祐子は緊張が少しほぐれてホッとするのだ。――この事件に係り合う前は、何だか頼りない人だと思っていたが、これはこれで、頼りがいのある男なのかもしれない、という気がして来た。

また、例の「丸山の友だち」が運転してくれるトラックに乗って、祐子は丸山と二人で、「お金」を持ってやって来たのだ。

岩井が指定して来たのは、ある工事現場の一画。まだ鉄骨が組み上ったばかりで、いたる所に、建築用の資材が積み上げてあった。もちろん、午前三時という時間には、人っ子一人いない。

「無事にすむかしら」

と、祐子は言った。

「さあ……」

丸山は、周囲を見回した。二人は目につくように、街灯の明りがついている近くに立っていた。

トラックは少し手前に停って、待機している。——何の物音もしない。静かなものだった。

「問題は、圭子さんを取り戻した後ですね」

と、丸山は言った。「この札を本物だと思って、立ち去ってくれりゃいいんですが、何といっても、カラーコピーですから、手に取られたら、感触ですぐに偽物だと分ってしまう。岩井が慎重な奴だと、むずかしくなりますね」

「そうね……」

もちろん五百万円というお金を即座に用意はできない。百万円ずつの束、五つ。両側の二枚は本物の一万円札だが、中は、画家志望だった、丸山の友だちが手描きしたものをコピーしている。

コピーして本物そっくりの色になるように、その友人はかなり苦労したようだ。しかし、見た目はそっくりでも、紙までは真似《まね》できない……。

夫は九時ごろ帰って来たが、何だか少しくたびれている様子だったので、祐子がすすめるまでもなく、グウグウ眠ってしまった。——まあ、幸先はいい、と言えただろう。

問題は成田だった。電話をしても、出ないのだ。どこへ行ったのか、祐子には気になっていた。

成田としては、祐子たちにすべてを任せて、自分はのんびりと家で待っているという気になどなれないのは、当然のことである。何といっても、妻が人質にされているのだから。

しかし、だからといって、勝手に動かれたのでは、却って困ったことにもなりかねないのだ。

成田にこの場所を捜し当てることはできないだろうが、どうか早まったことをしないように、と、祐子は祈るような気持だった。

「——三時です」

と、丸山が言った。

周囲の静けさが、一気に押し固められた壁のようになって、祐子の方へ迫って来る。

――祐子は、そんな気がした……。

「来ましたよ」

と、丸山が言った。

ガタガタと何かが揺れ動くような音がして、車が一台、走って来た。中古の、ずいぶん見すぼらしい車である。

ともかく、車が停止すると、エンジンの音もやんだ。

ドアが開いて、岩井が姿を見せる。――祐子は、札束を入れた紙袋を手に、岩井の方へと歩き出した。

「――そこで止れ」

と、岩井が言った。「金は？」

「ここよ」

と、祐子は言った。「成田さんの奥さんは？」

「あんたも、ずいぶん成田たちの面倒を見てたらしいな」

「困った人を放っとけないたちなの」

と、祐子は言ってやった。「圭子さんは車の中？」

「ああ。しかし、金が先だ」

「だめよ。圭子さんを出して」

岩井がムッとした様子で、祐子をにらんだ。——祐子は、我ながら感心した。当り前の主婦として、祐子はこんな現場に立ち合うことになるなどと、考えたこともなかった。相手は、晃代という女を刺しており、圭子を人質に取って、金を要求している。

そんな男を相手にガタガタ震えもせずに(怖かったのは確かだが)、堂々とやり合えるというのは——まるで自分が自分でなくなったような気さえした。

「圭子さんはどこ?」

と、祐子は訊いた。

「その車の中だ」

「無事でしょうね」

「当り前だ」

と、岩井は言ったが、祐子は岩井の口調に、何か言いたげな、ためらっているという印象を受けた。

祐子の頭に、閃《ひらめ》くものがあった。

「晃代さんって人のことが、気になるの?」

岩井は、何も言わずに、祐子を見ていた。

「――命は取り止めたそうよ」

岩井がホッと息をつくのが、祐子にも分った。気にしていたのだ。

「分った。圭子を連れて来る」

岩井が車の方へと戻って行くと――、少し離れた所で、ガタッと何かがぶつかる音がした。岩井がギクリとして、「誰だ！　隠れてやがるな！　出て来い！」

と叫んだ。

やがて、工事現場の暗がりの中から、成田が現われる。

「成田さん――」

と、祐子は言いかけて、やめた。

成田の後から、四、五人の男たちが現われたからである。

「――岩井」

と、口を開いたのは、なかなか押し出しのいい、穏やかな感じの男だった。

岩井が青ざめている。

「何しに来たんだ！」

「強がるなよ」

と、その男は首を振って、「怖いんだろう？　俺だって怖い。しかし、そんなことをしたって、怖さから逃げられやしないぞ」

「放っといてくれ！　あんたたちとは関係ないだろ！」

「そうはいかん。関係ない、と言って、お前はかつての仲間の奥さんを人質に取って金を要求してるじゃないか。一人で生きて行きたいのなら、止めやしない。しかし、仲間を脅《おど》すなんてことは、許されないぞ」

「知ってるんだろう、俺が——」

「警察と親しくしてるってことか？　ああ、知ってる」

と、男は肯《うなず》いた。「しかし、そのことで、俺たちはお前を責めたりしない。誰だって辛いのは同じだ」

「分ったようなことを言うな！　殺すつもりだろう」

と、岩井がヒステリックな声を上げる。

「そんなことはしないよ」

と、相手はあくまで穏やかに、「もしお前が本気で俺たちを売るつもりだったら、もっと大勢の仲間が捕まってたはずだ。——そうだろう？」

岩井は詰った。成田が一歩前に出て、

「圭子を返せ！」

と、鋭い声で言った。

そして——成田が上衣《うわぎ》のポケットから取り出したのは、拳銃だった。祐子は目をみはって、いけない、と叫ぼうとしたが……。

成田は、その拳銃《けんじゅう》を何と岩井の足下へと投げ出したのだ。岩井が戸惑ったように、成田を見る。

「俺のことが憎いのなら、それで俺を撃てよ」

と、成田は言った。「その代り、圭子は返してくれ」

——しばし、誰も動かなかった。

岩井は、拳銃を拾おうとはしなかった。祐子の目にも分るほど、体を震わせて立っていたが……。

「畜生！」

と、吐き捨てるように、「畜生！」

二度言って、パッと車へと駆け寄り、飛び乗った。

「待て！」

成田が駆け寄る。一瞬早く、車は走り出していた。丸山がパッと駆け出し、大きく手を振った。

闇の向うから、エンジンの音と共に、あのトラックが走り出して来た。

「追いかけろ！」

丸山が叫んで、トラックに飛び乗る。

祐子は、とっさのことだったが、ためらうことなく、丸山に引張り上げられるようにして、トラックに乗った。成田の方へ、

「ここで待ってて！」

と、大声で怒鳴った。

「私も行く！」

「――逃がすな」

と、丸山が言った。

岩井たちの車のテールランプが、近付いて来る。

「大丈夫だ。ありゃ相当のポンコツだぜ」

と、運転している丸山の友だちが言った。「スピードが出ないんだ。すぐ追い付けるよ」

図体は大きいが、エンジンも強力である。トラックはぐんぐんと前の車に迫っていた。

と、前の車が急に大きくカーブを切った。

「危いぞ！」

と、丸山が叫んだ。

岩井の車は、コントロールを失ってしまった。大きく左右へ車体が揺れて、歩道へ

乗り上げたと思うと——。

「ああ！」

祐子は、車が横転するのを見て、思わず声を上げた。夜の暗がりの中に、火花が飛んだ。

トラックは急ブレーキをかけ、停止した。

「——圭子さんを！」

祐子と丸山が車へと駆けつける。

「ガソリンが洩《も》れてる！」

と、丸山が言った。「危いですよ」

「でも——」

「任せて下さい」

丸山は横倒しになった車の上に飛び乗って、ドアを開けた、「——さあ、手を」

丸山に手を引張られて、圭子が何とか車から這《は》い出して来た。祐子がその手をつかんで、地面に下ろす。

「すみません。奥さん」

「けがは？」

「肩をぶつけて。でも、大したことありません」

丸山は、岩井を引張り出そうとして苦労していた。一旦、車から降りると、

「友だちを呼んで来ます。ハンドルの下へ入りこんでて、動かないんです」

と、祐子に言って、駆け出したが……。

突然、ガソリンに火が広がった。

「危いわ！」

と、祐子が叫ぶ。

炎がふき上げる。祐子は反射的に、圭子をかばうようにして、身を伏せた。

トラックが戻って行くと、成田たちが道を走って来るのと出会った。火が上るのを見て、驚いたのだろう。

トラックが停り、圭子がドアを開けて外へ出ると、成田は言葉もなく、力一杯抱きしめた。

「――岩井って人は、助からなかったわ」

と、祐子は言った。

「あの人……」

と、圭子が言った。「車が横転すると、私に、『早く逃げろ、早く逃げろ』って……。そして、『晃代を頼む』って言ったわ」

「そうか」

成田が肯く。「——そうか」

さっき岩井と話していた男が、祐子の方へやって来ると、

「皆川さんの奥さんですね」

「ええ」

「田代といいます。成田君から、聞きました。本当にお礼の申し上げようも……」

「いいえ、そんなこと」

祐子は首を振って、「私はただ、主人を巻き込みたくなかっただけです」

本当に？——それだけだろうか？

祐子は、固く抱き合っている成田と圭子を眺《なが》めて、これで良かったんだ、と思った。

いつしか、自分はこの二人のために、駆け回るようになっていたのだ。たとえ、それで自分が捕まるようなことになっても、祐子は悔まなかっただろう。

「もうご迷惑をおかけすることはないと思います」

と、田代という男が言った。

「でも、二人のこれからのことを——」

「彼らに関しては、心配なくなったんです」

「え？」

「成田君が、出所してからすぐにやった、とされていた銃砲店の強盗未遂が、実は全然別のグループの犯行だったと分ったんです。成田君への手配は近々取り消されるでしょう」

圭子が、その話に、唖然《あぜん》として、

「本当なの？」

と、成田に訊く。

「ああ。もう逃げる必要もないんだ」

「まあ……。でも……」

圭子は、当惑しているばかりだった。

田代は、成田と圭子の方へ向いて、

「しかし、これからも君らにとっては決して暮しやすくはないだろう。警察は目を離さないだろうしね」

と、言った。

「だけど……私たちだけが……」

と、圭子は言いかけて、ためらった。

「君らは君らで、やれることがあるよ。今はともかく――」

と、田代は微笑んで、「元気な赤ちゃんを産むことだ」

圭子が頬を赤らめた。サイレンが聞こえた。

「パトカーだ」

と、丸山が言った。「さ、みんなトラックに乗って下さい。荷台なら何人でも乗れる。適当な所まで送りますよ」

「そうね。じゃ、圭子さん、助手席に。私は荷台に乗るから」

「いえ、そんな――」

「あなたの体は大切なのよ。さあ！」

いやも応もなく、祐子は圭子を助手席へ押し上げて、丸山へ、

「運転に気を付けて、と言ってね」

「分りました」

――トラックが走り出して少し行くと、パトカーと消防車が駆けつけて来るのとすれ違った。

もちろん、荷台は至って乗り心地が悪かったが、そんなことなど、祐子はまるで気にならなかった。

世の中、たまにゃいいこともあるんだわ。

――祐子はそう思った。

エピローグ

「もうそろそろかな」

と、皆川が時計を見て、言った。

「さっきから何回同じこと言ってるの」

と、祐子は苦笑して、「あちらは奥さんが身重なんでしょ。そんなに時間通りに来られないわよ」

「そうかな……。しかし……」

皆川はソワソワと落ちつかなかった。「しかし、丸山君たちには悪いな。せっかく来たのに――」

「いいわよ。一緒にみんなでにぎやかにやりましょ。おめでたいことは、大勢で祝った方がいいわ」

「そうだな」

と、皆川は嬉しそうに肯いて、「いや、本当に良かった。大体、成田の奴が強盗未遂なんて、やるわけがないと思ってたんだ」

「あなた、サラダを入れる器、上の棚から出して来て」

と、祐子は野菜を刻みながら言った。

「分った」

皆川が出て行くと、入れかわりに今日子がやって来る。

「旦那さん、舞い上ってるね」

「そうね。丸山君にも、よく言っといてね」

「分ってる。あの人は親友でも初対面でも、大して変りないわ」

「それもそうか」

二人は一緒に笑った。

――成田への指名手配が取り消され、今日、成田と圭子は皆川家にやって来ることになっていた。

もちろん、皆川にお礼を言うために、だ。

祐子も丸山たちも、成田たちのことは、一切知らなかったことにしなくてはならない。丸山と今日子が来たのは、もちろん「たまたま」なんかではなくて、一緒に成田たちの前途を祝おうと、祐子がよんだのである。

「千晶ちゃん、成田さんのこと、憶《おぼ》えてない？」

「大丈夫だと思うわ。服装も全然あの時とは違うし。――ね、今日子、レンジの中のお肉、見てくれる？」

「はいはい」

——祐子は、いつか、本当のことを夫に話す日も来るだろう、と思った。

もちろん、今話したところで、皆川は怒るまいが、しかし祐子自身が、成田と圭子を助けて来た日々のことを、もう少し、自分一人の胸に、大事にしまっておきたかったのだ。

成田たちが、追われる身でなくなったと知って、飛び上って喜ぶ夫を見て、祐子は改めて夫に惚《ほ》れ直した——と言っては、少々のろけになりそうだが。

「玄関の方で音がしたわ」

と、今日子が言った。

すると、すぐに皆川が顔を出し、

「おい、成田たちだ」

「はいはい、じゃ、すぐ行くわ」

祐子はエプロンを外して、今日子を促して台所を出た。

成田は明るいブレザーで、圭子はゆったりしたマタニティで、二人はちょうど上って、スリッパをはいたところだった。

「成田」

と、皆川が言った。「家内の祐子だよ。それに家内の妹の今日子」

成田と圭子が、祐子たちの方へ向く。見交わす目だけで、何の言葉も必要なかった。

圭子が、深々と頭を下げると、言った。

「初めまして。——成田の家内です」

この作品は1992年1月新潮文庫より刊行されました。
なお、本作品はフィクションであり実在の個人・団体などとは一切関係がありません。

徳間文庫

半分《はんぶん》の過去《かこ》

2024年9月15日 初刷

著者 赤《あか》川《がわ》次《じ》郎《ろう》
発行者 小宮英行
発行所 株式会社徳間書店
東京都品川区上大崎三－一－一 〒141－8202
目黒セントラルスクエア
電話 編集〇三(五四〇三)四三四九
販売〇四九(二九三)五五二一
振替 〇〇一四〇－〇－四四三九二
印刷
製本 中央精版印刷株式会社

ISBN978-4-19-894969-3 (乱丁、落丁本はお取りかえいたします)

徳間文庫の好評既刊

赤川次郎

幽霊たちのエピローグ

大宅令子《おおやれいこ》は警視庁捜査一課のベテラン警部を父に持つ大学生探偵。家庭教師の生徒である末川《すえかわ》ひとみに連れられて「幽霊屋敷」に忍び込んだ。そこでひとみは殺人を計画する幽霊の話し声を聞いたのだという。命を狙われているのはひとみの父親ではないか——疑う令子の顔に滴《したた》り落ちてきたのは、なんと真っ赤な血！　見つかったのはひとみの恋人の死体で……。表題作を含む二篇を収録。

徳間文庫の好評既刊

赤川次郎

哀愁変奏曲

作曲家を夢みる二十五歳の石井栄志《いしいえいじ》。コンクールでは落選が続き、家にはピアノもないほど貧しかった。と、そこに届いた本物のピアノ！　送り主である音楽事務所の片岡《かたおか》が訪ねてきて、歌謡曲の編曲をして欲しいという。生活のために引き受けた石井は、人気歌手の進藤《しんどう》あゆみの曲を手がけることになり……（「ささやくピアノ」）。人生は音楽と共にある。哀愁漂うホラーサスペンス六篇を収録。